CATALOGUE

DES

LIVRES FRANÇAIS

BIEN CONDITIONNÉS

SUR LES BEAUX-ARTS, LES BELLES-LETTRES ET L'HISTOIRE

COMPOSANT LA

BIBLIOTHÈQUE DE FEU M. L. C. R.

La vente aura lieu le lundi 23 novembre 1874 et jours suivants
à 7 heures 1/2 précises du soir

Rue des Bons-Enfants, 28 (maison Silvestre)
SALLE N° 1

Par le ministère de Me DELBERGUE-CORMONT, commissaire-priseur
8, rue de Provence

---

88. Le père Helyot, 8 vol. in-4°. — 100. Cérémonies et coutumes religieuses, 7 vol. in-fol. — 264. Flore des serres, par Van Houtte. — 287. Recueil général des coeffures, 48 planches non rognées. — 302. L'union des arts par le comte de Laborde, grand papier. — 350. Galerie de portraits. — Suites de vignettes. — 724. Collection des Romans publiés par Dauthereau, 120 vol. reliés. — 739. L'heptameron, publié par Jouaust. — 771-779. Ouvrages de Retif de La Bretonne, brochés, non rognés. — 942. Collection gothique. — 1026. Carte géologique de France. — 1048. Histoire de France, par Henri Martin. — 1073. Recueil de pièces sur l'amiral Coligny. — 1276. Marques typographiques de Silvestre. — 1282. Manuel de Brunet, dernière édition. — 1286. Catalogue d'Otto Lorenz. — 1304. Walter Scott, etc., etc.

PARIS
ADOLPHE LABITTE
LIBRAIRE DE LA BIBLIOTHÈQUE NATIONALE
4, rue de Lille, 4

1874

SOUS PRESSE

MANUEL

DE

L'AMATEUR D'ILLUSTRATIONS

GRAVURES ET PORTRAITS

POUR L'ORNEMENT DES LIVRES FRANÇAIS ET ÉTRANGERS

PAR J. SIEURIN

Un volume in-8° . . . . 12 fr.
Grand papier de Hollande . . . . 24 fr.

Paris. — Typographie Georges Chamerot, rue des Saints-Pères, 19.

CATALOGUE

DES

LIVRES FRANÇAIS

BIEN CONDITIONNÉS

SUR

LES BEAUX-ARTS, LES BELLES-LETTRES ET L'HISTOIRE

COMPOSANT LA

BIBLIOTHÈQUE DE FEU M. L. C. R.

THÉOLOGIE.

1. Histoire de l'Ancien et du Nouveau Testament, par Le Maistre de Sacy. *Paris, L. Curmer,* 1835, gr. in-8, fig. mar. n. tr. dor.

Exemplaire sur papier de Chine bleu.

2. Quatrains historiques de la Bible. *Lyon, J. de Tournes, s. d.,* pet. in-8 de 113 ff., fig. du Petit-Bernard, vél.

Incomplet et raccommodages.

3. Illustrations of the Bible by Westall and Martin with descriptions by the Rev. Hobart Caunter. *London, Ed. Churton,* 1835, in-8, fig. cart.

4. Iconographie chrétienne. — Histoire de Dieu, par M. Didron. *Paris, Impr. royale,* 1843, in-4, fig. cart. n. rog.

5. Le Livre de Job traduit de l'hébreu par Ern. Renan. *Paris, M. Lévy,* 1860, in-8, demi-rel. mar. olive, tête dor. n. rog.

6. Cantica Canticorum, in-24, vélin.

Manuscrit du xve siècle. Commentaire sur le Cantique des cantiques.

7. Le Cantique des cantiques, traduit de l'hébreu par Ern. Renan. *Paris, M. Lévy*, 1860, in-8, demi-rel. mar. olive, tête dor. n. rog.

8. Le Psautier, par la Harpe. *Paris, Ch. Gosselin*, 1824, in-8, dem.-rel. v. viol.

9. Les Psaumes de David, traduits par J.-M. Dargaud. *Paris, L. Curmer*, 1838, in-8, dem.-rel. mar. viol. tr. dor.

10. Le Livre des Psaumes en vers français, d'après le texte hébreu, avec des notes, par Alex. Guillemin. *Paris, Gaume*, 1838, in-8, dem.-rel. v. v.

11. Psalms selected chiefly from the new version, with an appendix of hymns, to be sung in churches and chapels, etc. *Melton-Mowbray, John Day*, 1835, in-18, mar. bl. fil. tr. dor.

12. Testament (le Nouveau), traduit en français selon la Vulgate, avec les différences du grec. *Mons*, 1667, 2 vol. in-8, v. f. Beau frontispice de Ph. de Champagne.

13. Le Nouveau Testament de N.-S. Jésus-Christ, traduit en françois par Mesenguy; nouvelle édition par M. Silvestre de Sacy. *Paris, Techener*, 1860, 3 vol. in-18, demi-rel. dos et coins de mar. br. tr. dor.

14. Jesu Christi Vita, juxta quatuor Evangelistarum enarrationes, artificio graphices perquam eleganter picta, una cum totius anni evangeliis ac epistolis. *Antuerpiæ, ex officina Matthæi Crommii*, 1541, pet. in-8, fig. sur bois, mar. r. tr. dor.

15. Renan (Ernest). Vie de Jésus. — Les Apôtres. — Saint Paul. — L'Antechrist. *Paris, M. Lévy*, 1863-73, 4 vol. in-8, demi-rel. v. f.

16. Jésus, par Ern. Renan. *Paris, Mich. Lévy*, 1864, in-12. — Du Perfectionnement moral, par le baron de Gérando. *Paris, Renouard*, 2 vol. — Études sur l'Imitation de Jésus-Christ, par Vert. *Paris, Bray*, 1855. — Méthodes tirées des exercices spirituels de saint Ignace. *Avignon*, 1834. — Ens. 5 ouv. in-16, demi-rel. mar. bl. et marbr.

17. Passion de N.-S. Jésus-Christ, suivant la concorde des quatre Évangélistes, précédée d'un pèlerinage à Jérusalem, illustrée par F. Overbeck. *Paris, L. Curmer*, 1843, in-8, fig. en ff.

18. Passion de N.-S. Jésus-Christ, suivant la concorde des quatre Evangélistes, précédée d'un pèlerinage à Jérusalem, illustrée par F. Overbeck. *Paris, L. Curmer*, 1843, in-8, fig. cart. (*Taches.*)

19. Narrazione della reliquia preziosissima del santissimo prepuzio di N. S. Jesu Cristo. *Roma,* 1802, pet. in-8, maroquin brun.

On a ajouté une traduction manuscrite et un extrait de H. Beyle sur le même sujet.

20. PRÆCES PIÆ..., in-16 carré v. (*Reliure cassée.*)

Manuscrit du xve siècle, sur vélin fin, orné de huit grandes miniatures et de vingt petites ; toutes les pages sont bordées d'arabesques composées de fleurs et de fruits en or et en couleurs.

Il manque deux feuillets au calendrier, qui est en français.

21. Compendium orationum nuper reformatum, et multis devotissimis auctum orationibus qui in hactenus impressis desiderabantur. *Venetiis, in officina heredum L. Ant. Junte,* 1556, pet. in-8, goth. fig. sur bois v. ant.

22. Rosarium, sive psalterium beatæ Virginis Mariæ a T. W. A. editum. *Antuerpiæ, apud Joann. Keerbergium,* 1602, in-12, nombr. fig. v. br. orn. à fr.

Livre orné de nombreuses et jolies figures signées de M. de Vos, gravées par J. Collaert.

23. Officium beatæ Mariæ Virginis. *Antuerpiæ, apud Balthasarem Moretum,* 1622, in-4, fig. et lettres rouges chagr. noir, fermoirs, tr. dor.

24. Heures nouvelles, dédiées aux dames de St-Cyr, en latin et en françois. *Paris, P. et J. Hérissant,* 1706, in-8, fig. mar. r. dent. tr. dor.

25. Les Sainctes Prières de l'âme chrestienne escrites et gravées après le naturel de la plume, par P. Moreau. *Paris,* 1632, pet. in-8, mar. r. compart. dorés, tr. dor. (*Rel. anc.*)

26. L'Office de la quinzaine de Pâques, latin-françois. *Paris, Libraires associés,* 1739, in-8, mar. r. fil. tr. dor.

Aux armes de la duchesse d'Orléans.

27. L'Office de la Semaine sainte à l'usage de la maison du roy. *Paris, J. Collombat,* 1743, in-8, fig. mar. r. dent. tr. dor.

Aux armes de France.

28. Heures nouvelles, écrites et gravées par Élisabeth Senault. *Paris, chez l'autheur, s. d.,* in-16, mar. r. fil. tr. dor.

29. Livre de Prières et de Méditations. *Louvain,* 1840. — Les Psaumes de David. *Paris,* 1828. — Exclamations de l'âme à son Dieu. *Paris,* 1848. (*Aux armes de Curmer-Neilson posées à froid sur les plats.*) — L'Eternelle Consola-

tion. *Toulouse, s. d.* — Dictionnaire portatif de l'antiquité sacrée, par V. Verger. *Paris*, 1829. Ens. 5 ouv. in-16, demi-rel. mar. et dem. v. f.

30. Le Livre des affligés, par de Villeneuve-Bargemont. — Livre de consolation. — Le Livre de la jeune femme chrétienne. — Fioretti, ou petites Fleurs de saint François d'Assise, trad. par M. l'abbé A. Riche. — Du Pape, par J. de Maistre. *Paris*, 1841-1855; 5 vol. in-12, dem.-rel. mar. et v.

31. Heures nouvelles, Paroissien complet latin-français, à l'usage de Paris et de Rome, par M. l'abbé Dassance, dessins de Fréd. Overbeck. *Paris, L. Curmer*, 1841, in-8, mar. n. tr. dor.

32. Monument à la gloire de Marie. Litanies de la très-sainte Vierge, illustrées, accompagnées de méditations, par M. l'abbé Edouard Barthe. *Paris, P.-J. Camus*, 1851, in-8, fig. demi-rel. chag. noir.

33. Officium Immaculatæ Conceptionis beatæ Mariæ Virginis, editio VIII, imaginibus ab Eduardo Steinle. *Ratisbonæ, G. J. Mauz*, 1859, gr. in-8, fig. en ff.

34. La Vierge, type de l'Art chrétien, histoire, monuments, légendes, par Edouard Laforge. *Lyon, Scheuring*, 1864, in-4, cart. n. rog.

Publié à 25 francs.

35. Légendes des Commandements de Dieu, par J. Collin de Plancy. *Paris, P. Mellier, s. d.*, in-8, demi-rel. mar. v. fig. color.

36. Légendes des sept Péchés capitaux, par J. Collin de Plancy. *Paris, P. Mellier, s. d.*, in-8, fig. color. demi-rel. mar. v.

37. De Imitatione Christi, editio nova. *Aurelia, L.-P. Courel de Villeneuve*, 1784, in-32, v. gr. fil. tr. dor.

38. L'Imitation de Jésus-Christ, traduction nouvelle de M. l'abbé Dassance. *Paris, L. Curmer*, 1836, in-8, en ff.

Exemplaire sur papier de Chine bleu. Manquent les figures.

39. De Imitatione Christi et contemptu mundi omniumque ejus vanitatum, libri IV. *Londini, apud Guil. Pickering*, 1851, in-18, cart. n. rog.

40. Introduction à la Vie dévote du bienheureux François de Sales, nouvelle édition revue et corrigée par M. Silvestre de Sacy. *Paris, Techener*, 1855, 2 vol. in-18, dem.-rel. dos et coins de mar. v. tr. dor.

41. Réponses dé M. l'archevêque de Cambray à la déclaration de M. l'archevêque de Paris, de M. l'évêque de Meaux

et de M. l'évêque de Chartres, et à l'ouvrage de M. de Meaux, intitulé : Summa, etc., contre le livre intitulé : Explication des maximes des saints. *S. l.*, 1698, in-12, portr. demi-rel. dos et coins de v. f.

42. Bossuet. Instruction sur les estats d'oraison où sont exposées les erreurs des faux mystiques de nos jours ; 2e édition. *Paris, J. Anisson,* 1697, in-8, v. m.

43. Les Lettres et les Pensées de Blaise Pascal, recueillies avec soin sur les différentes éditions par P. R. Auguet. *Paris, Froment,* 1822-23, 4 vol. pet. in-12, dem.-rel. v. rose. (*Portrait.*)

44. Pensées de Blaise Pascal, précédées d'une notice sur sa vie par madame Périer, sa sœur. *Paris, Didier,* 1844, in-8, port. mar. viol. tr. dor.

45. Pascal. Pensées, publiées dans leur texte authentique avec remarques, notes et introd. par E. Havet, 2e édit. *Paris,* 1866, 2 vol. in-8, et plaquette pour la table analytique, br.

46. Cousin (Victor). Blaise Pascal. *Paris, Pagnerre,* 1849, in-12, demi-rel. v. f. fil.

47. Lettres de saint François de Sales adressées à des gens du monde ; nouvelle édition avec une préface par M. Silvestre de Sacy. *Paris, J. Techener,* 1865, in-12, v. f. fil. tr. dor.

48. Maximes et Réflexions sur la Comédie, par messire Jacques-Bénigne Bossuet. *Paris, Delusseux,* 1728, in-12, demi-rel. dos et coins de mar. br. tr. r.

49. Traité de la connaissance de Dieu et de soi-même, suivi de l'exposition de la doctrine de l'Eglise catholique par Bossuet ; nouvelle édition revue par M. Silvestre de Sacy. *Paris, J. Techener,* 1864, in-12, demi-rel. dos et coins de mar. citr. tr. sup. dor. n. rog. (*Burnier*).

50. Choix des Traités de morale chrétienne de Duguet, édition revue par M. Silvestre de Sacy. *Paris, J. Techener,* 1858, 2 vol. in-16, pap. vél. d.-rel. dos et coins de v. f. tr. dor.

51. Lettres de piété et de direction écrites à la sœur Cornuau par Bossuet, suivies du Traité de la concupiscence par le même et précédées d'une préface par M. Silvestre de Sacy. *Paris, J. Techener,* 1857, 2 vol. in-16, pap. vél. d.-rel. dos et coins de mar. v. tr. dor.

52. Lettres spirituelles de Fénelon, édition revue et corrigée par M. Silvestre de Sacy. *Paris, Techener,* 1856, 3 vol. in-18, demi-rel. mar. r. tr. dor.

53. Choix des petits traités de morale de Nicole, édition revue et corrigée par M. Silvestre de Sacy. *Paris, J. Techener*, 1857, in-18, demi-rel. mar. br. tr. dor.

54. La Religion du cœur, ou le Guide du néophyte, par le comte de la Rivallière Frauendorf. *Paris, Curmer*, 1837, in-12, mar. pl. vert. fil. à compart. tr. dor.

55. Petit Catéchisme, ou Sommaire des trois premières parties de la Doctrine chrestienne, traduict du françois en la langue des Caraïbes insulaires, par le R. P. Raymond Breton, sous-prieur du convent des Frères prescheurs de Blainville. *A Auxerre, Gilbert Bouquet*, 1664, p. in-8 br.

56. Catéchisme, ou Abrégé de la foi, illustré par Mme Élise Boulanger. *Paris, L. Curmer, s. d.*, in-8, fig. d.-rel. mar. v. tr. dor.

57. Choix de monuments primitifs de l'Église chrétienne, avec notices littéraires, par J.-A.-C. Buchon. *Paris, A. Desrez*, 1837, gr. in-8, demi-rel. v. f.

58. Choix de monuments primitifs de l'Église chrétienne, avec Notices littéraires, par J.-A.-C. Buchon. *Paris, A. Desrez*, 1837, gr. in-8. demi-rel. bas.

59. Œuvres de saint Jérôme, publiées par M. Benoît Matougues, sous la direction de M. L. Aimé-Martin. *Paris, A. Desrez*, 1838, gr. in-8, demi-rel. dos et coins de mar. bl.

De la collection du Panthéon littéraire.

60. Augustin (saint). La Cité de Dieu, traduction nouvelle par L. Moreau, éd. avec le texte. *Paris, J. Lecoffre*, 1853, 3 vol. in-12, br. (*Rare.*)

61. Augustin (saint). Lettres traduites en françois par M. Dubois. *Paris*, 1701, 6 vol. in-8, v.

62. De la Préparation à la mort, en trois traictez, par F. Melchior de Flavin, religieux cordelier. *Paris, Guil. Chaudière*, 1566, pet. in-8, cart.

63. La Philosophie du Credo, par A. Gratry. *Paris, C. Douniol*, 1861, in-8, demi-rel. v. gris.

64. Oraison funèbre ès obsèques de très-haute, très-puissante et très-vertueuse princesse, Marie, par la grâce de Dieu royne douairière d'Escoce, prononcée à N.-D. de Paris, le 12 aoust 1560. *Paris, impr. de Vascosan*, 1561, pet. in-8, n. rel. (*Rogné.*)

65. Oraison funèbre sur le trespas de Messieurs Du Fresni et de Ninville, advenu à Rome le 13 et 18 septembre 1607, par M. Simon Manier. *Paris, Denys Langlois*, 1608, pet. in-8, n. rel. — Oraison funèbre de M. Nicolas Cornet, grand

maître du collége de Navarre, prononcée par messire J.-B. Bossuet. *Amsterdam, H. Wetstein*, 1698, pet. in-8, n. rel. — Préseance pour les abbez réguliers, ou commendataires contre les archidiacres, doyens, prévosts et autres telles dignitez ecclésiastiques, par M. Sébastian Rouillard de Melun, *Paris, Gilles Robinot*, 1608, pet. in-8, cart. — Libre harangue faicte par Mathault en la présence de M. le Prince en son chasteau d'Amboise, le 16 juin 1614. *S. l.*, 1614, pet. in-8, n. rel.

66. Sermons choisis de Bossuet, de Bourdaloue et de Massillon, avec une préface par M. Silvestre de Sacy. *Paris, J. Techener*, 1859, 3 vol. in-8, demi-rel. v. f. tr. dor.

67. Bossuet. Oraisons funèbres, 3e éd. *Paris, Séb. Cramoisy*, 1680, in-12, v.

Sign. de Furetière sur le titre.

68. Bossuet. Oraisons funèbres, avec notes de tous les commentateurs. *Paris, Lefèvre*, 1825, gr. in-8, v. dent. plats gauf. fil.

69. Floquet (A.). Études sur la vie de Bossuet. *Paris, F. Didot*, 1855, 3 vol. in-8, br.

70. Gandar (Prosp.). Bossuet orateur et notes critiques sur ses Sermons (1643-1662). *Paris, Didier*, 1867, br.

71. Bourdaloue, Œuvres. *Paris, Lefèvre*, 1837. 3 vol. gr. in-8 à 2 col. broch.

72. Fléchier, Recueil de ses oraisons funèbres. *Paris, Dupuis*, 1705, in-12, v. br. (*Beau portrait d'après Rigaud, gravé par Edelinck.*)

73. Oraisons funèbres de Fléchier, suivies des Oraisons funèbres de Turenne, par Mascaron, du prince de Condé, par Bourdaloue. *Paris, Lefèvre*, 1826, in-8, portr. demi-rel. v. v.

74. Petit Carême de Massillon, suivi des Sermons et de l'Oraison funèbre de Louis XIV. *Paris, Lefèvre*, 1826, in-8, portr. demi-rel. v. viol.

75. Les Méditations de la vie du Christ, par saint Bonaventure. *Paris, Poussielgue*, 1859. — Histoire du pape Grégoire VII, par M. l'abbé Jager. *Paris, Dufour*, 1842. — Les Évangiles, trad. par F. Lamennais. *Paris, Pagnerre*, 1846. — Instructions secrètes des Jésuites, par Sauvestre. *Paris, Dentu*, 1863. — Discours sur l'Histoire universelle, par Bossuet. *Paris, Dézobry, s. d.*, 5 vol. in-12, demi-rel. mar. et v.

76. Harmonie du catholicisme avec la nature humaine, par Mme L. de Challié. *Paris, Gaume frères*, 1854, in-8, demi-rel. v. f.

77. Théologie des insectes, ou démonstration des perfections de Dieu dans tout ce qui concerne les insectes, traduit de l'allemand de M. Lesser, avec des remarques de M. P. Lyonnet. *La Haye, J. Swart*, 1742, 2 vol. in-8, fig. v. marbr.

78. Havet (Ern.). Le Christianisme et ses origines, extraits de la Revue moderne et de la Revue contemporaine, 6 fascic. en 1 vol. in-8 br.

79. Lettres édifiantes et curieuses concernant l'Asie, l'Afrique, publiées sous la direction de M. L. Aimé-Martin. *Paris, Aug. Desrez*, 1838, 2 vol. gr. in-8, demi-rel. dos et coins de mar. bl.

80. Les Fêtes de l'Église romaine, avec l'explication de l'origine de chaque solennité, par M. Galoppe d'Onquaire. *Paris, L. Curmer*, 1854, gr. in-8, fig. cart. tr. dor.

81. La Légende dorée, par Jacques de Voragine, traduite du latin et précédée d'une notice historique et bibliographique, par M. G. B. *Paris, Ch. Gosselin*, 1843, 2 vol. in-12, br.

82. De sanctorum martyrum cruciatibus Antonii Gallonii. *Parisiis, apud Fridericum Leonard*, 1660, in-4, fig. sur bois grav. par Tempesta, v. gr.

83. Les Saints du mois, par l'abbé Le Guillou. *Lille, Lefort*, 1845, in 16 (*fig. à mi-page*). — Le Visiteur du pauvre, par M. de Gérando. *Paris*, 1837, in-16. — Que Dieu est bon, ou Pensées consolantes de Fénelon, recueillies par le Rév. P. Huguet. *Paris*, 1866, in-12. — Prières et cérémonies des ordinations. *Paris, s. d.*, in-12. — Après la mort du Christ, les Anges missionnaires, par Marie-Alex. Dumas. *S. l. n. d.*, in-12. Ens. 5 ouvr. demi-rel., demi-mar. et demi-v. f.

84. Légendes et notices historiques, fêtes et saints de la Liturgie romaine, par N.-M.-G. Latrouette. *Caen*, 1863, 2 vol. in-12, demi-rel. mar. r. non rogné.

85. Éloge de Jean Gerson, discours par A. Prosper Faugère. *Paris, A. Vaton*, 1838, in-8, portr. de B. Picart, ajouté, demi-rel. mar. r. n. rog.

86. Recueil de 6 pièces sur le concile de Trente et de Constance. *Paris*, 1564-1615, 6 plaq. pet-in-8, cart.

Les décrets et canons touchant le mariage. — Le double des lettres de Charles IX. — Response à un advertissement envoyé à Messieurs de la Noblesse. — Extraict des registres des estats, sur la réception du Concile de Trente. — Libre discours au roy pour la réception du Concile de Trente, par de Soulas. — Le décret du concile de Constance, contre les attentats sur la sacrée personne du roy.

87. Histoire abrégée de l'Inquisition d'Espagne, par Léonard Gallois. *Paris, Chassériau*, 1824, in-18, portr. v. viol. tr. dor. (*Thouvenin*).

88. Le Père Helyot, Histoire des ordres monastiques. *Paris*, 1714-19, 8 vol. in-4, v. br.

Premières épreuves des gravures.

89. Vita et admiranda historia Seraphici S. P. Francisci. *Augspurg*, 1694, in-4, fig. cart.

90. L'Alcoran des Cordeliers, tant en latin qu'en françois, ou Recueil des plus notables bourdes et blasphèmes impudens de ceux qui ont osé comparer saint François à Jésus-Christ, tiré (par Erasme Albere) du Grand Livre des conformités, jadis composé (en latin) par frère Barthélemi de Pise, cordelier en son vivant (et trad. en français par Conrad Badius). *Amsterdam*, 1734, 2 vol. in-12, fig. de B. Picart, v. marbr. fil.

91. Constitutiones et declarationes examinis generalis societatis Jesu. *Romæ, apud Victorium Hælianum*, 1570, pet. in-8, v. br.

92. Saint Anselme de Cantorbéry, tableau de la vie monastique, par M. Charles de Rémusat. *Paris, Didier*, 1853, in-8, demi-rel. v. f.

93. Notice sur l'abbaye de Beaulieu-lez-Loches, ordre de Saint-Benoît, diocèse de Tours. *Tours, imp. de Mazereau*, 1868, in-4. br.

Tiré à 30 exemplaires.

94. Nécrologe de l'abbaïe (*sic*) de N.-D. de Port-Royal des Champs. *Amsterdam*, 1723, nombreuses pl. gravées. — Suplément (*sic*) au Nécrologe, 1735. *S. l.*, 2 vol. in-4, rel. anc. ch. f.

Les deux volumes réunis sont rares.

95. Histoire générale du Jansénisme, par M. l'abbé *** (Gerberon). *Amsterdam, J.-Louis de Lorme*, 1700, 3 vol. pet. in-8, portr. v. gr.

96. Bossuet. Histoire des variations des Églises protestantes. Seconde édition. *Paris*, 1691, 4 vol. in-12, v. br.

97. Abrégé des principaux points de doctrine de la vraie religion chrétienne, d'après les écrits de Swedenborg, par Robert Hindmarsh, traduit de l'anglais. *Paris, Treuttel et Wurtz*, 1820, in-8, dem.-rel. mar. r.

98. Anquez (le prof.). Histoire des assemblées politiques des réformés de France, 1573-1622. *Paris*, 1859, demi-rel. in-8, mar. gauf. fil.

99. Anquez (prof.). Nouveau chapitre de l'histoire des réformés de France (1621-1626). *Paris*, 1865, in-8, br.

100. Cérémonies et coutumes religieuses de tous les peuples du monde, représentées par des figures dessinées par B. Picart, avec des explications historiques et quelques dissertations curieuses. *Amsterdam, J.-F. Bernard*, 1723-1737, 7 tomes en 6 vol. in-fol. v. f.

---

101. Des Cultes qui ont précédé et amené l'idolâtrie ou l'adoration des figures humaines, par J.-A. Dulaure. *Paris, Fournier*, 1805, in-8, v. rac.

102. Abrégé de l'Origine de tous les cultes, par Dupuis. *Paris, L. Tenré*, 1821, in-8, v. ant.

103. Abrégé de l'Origine des cultes, par Dupuis. *Paris, Chassériau*, 1822, in-8, dem.-rel. v. v.

104. Les Livres sacrés de l'Orient, traduits et publiés par G. Pauthier. *Paris, F. Didot*, 1840, gr. in-8, dem.-rel. v f. (*Rare.*)

105. Les Livres classiques de l'empire de la Chine, recueillis par le père Noël. *Paris, de Bure*, 1784-86, 7 vol. in-18, demi-rel. v. f.

106. L'Alcoran de Mahomet, translaté d'arabe en françois par le sieur du Ryer. *Suivant la copie imprimée à Paris* (*à la Sphère*), 1649, in-12, mar. r. (*Rel. anc.*)

Bel exemplaire. H. : 127 mill.

107. Le Coran, traduit de l'arabe, avec les notes des plus célèbres commentateurs orientaux, par Savary, précédé d'une notice sur Mahomet par M. Collin de Plancy, et suivi des doctrines et devoirs de la religion musulmane, traduit de l'arabe par M. Garcin de Tassy. *Paris, Dondey-Dupré*, 1826-40, 3 vol. pet. in-12, demi-rel. mar. rouge. (*Portrait.*)

JURISPRUDENCE.

108. De l'Esprit des lois, par Montesquieu. *Paris, Ménard et Desenne,* 1819, 5 vol. pet. in-12, demi-rel. v. viol.

109. Déclaration et interprétation des ordonnances de Moulins, faicte par le Roy sur les remonstrances à luy faictes par les députez de sa cour de Parlement à Paris. *Lyon, Benoist Rigaud,* 1567, pet. in-8, de 16 ff. n. rel.

110. Éléments du droit naturel, par Burlamaqui, et Devoirs de l'homme et du citoyen, trad. du latin de Puffendorf, par Barbeyrac. *Paris, Janet et Cotelle,* 1820, in-8, demi-reliure v. rouge.

111. Les Codes français collationnés sur les textes officiels, par L. Tripier. 12me édition. *Paris, Cotillon,* 1861, gr. in-8, chagr. viol. fil.

112. Dictionnaire de législation usuelle, par M. E. de Chabrol-Chaméane. *Paris,* 1835, 2 vol. gr. in-8, demi-rel. v. bleu.

113. Jurisprudence du XIXe siècle, ou Table générale alphabétique et chronologique du recueil général des lois et des arrêts (1791 à 1850), par L.-M. Devilleneuve et P. Gilbert. *Paris, s. d.,* 2 vol. in-4, demi-rel. bas. bl.

114. Recueil complet du code civil. *Paris, F. Didot,* 1850, 2 vol. gr. in-8, demi-rel. mar. bl.

115. De la Compétence des juges de paix, par M. Henrion de Pansey. *Paris, Th. Barrois,* 1816, in-8, demi-rel. v. ant.

116. Traité des enfants naturels, mis en rapport avec la doctrine et la jurisprudence, par M. Émile Cadrès. *Paris, Videcoq,* 1846, in-8, cart.

117. Des Droits successifs des enfants naturels dans les différentes législations de l'Europe, par Ernest Moulin. *Paris, A. Durand,* 1866, in-8, cart. n. rog.

118. Traité des droits d'auteurs dans la littérature, les sciences et les beaux-arts, par A.-C. Renouard. *Paris, J. Renouard,* 1838, 2 tomes en 1 vol. in-8, demi-reliure mar. rouge.

119. Du Duel, considéré dans ses origines et dans l'état actuel des mœurs, par Eug. Cauchy. *Paris, Ch. Hingray,* 1846, 2 vol. in-8, br.

120. Mémoires de Beaumarchais. *Paris*, 1830, 4 tomes en 2 vol. pet. in-12, demi-rel. v. br. (*Portrait.*)

121. Discours et plaidoyers de M. Chaix d'Est-Ange. *Paris*, *F. Didot*, 1862, 2 vol. in-8, demi-rel. v. gris.

122. La Chronique du Palais de justice, contenant l'histoire des anciens avocats et le récit des trépas tragiques, par Horace Raisson. *Paris*, *Bourmancès*, 1838, 2 vol. in-8, br.

123. Causes amusantes et connues (recueillies par Rob. Estienne). *Berlin* (*Paris*), 1769, 2 vol. in-12, figures, v. marbr.

124. Mémoires, révélations et poésies de Lacenaire, écrits par lui-même à la Conciergerie. *Paris*, 1836, in-8, portr. demi-rel. v. f.

SCIENCES ET ARTS.

---

125. Henri-Corneille-Agrippa de Nettesheim, sur l'Incertitude aussi bien que la vanité des sciences et des arts, traduit par M. de Gueudeville. *Leiden*, *Th. Haak*, 1726, 3 vol. in-12, portr. bas.

126. Esquisse d'un tableau historique des progrès de l'esprit humain, par Condorcet. *Paris*, 1829, in-8, demi-rel. v. v.

127. Le Merveilleux dans l'antiquité : Apollonius de Tyane, sa vie, ses voyages, ses prodiges, par Philostrate, et ses lettres trad. du grec, avec notes, par A. Chassang. *Paris*, *Didier*, 1862, in-8, demi-rel. v. f.

128. Exquisitæ in Porphyrium commentationes Danielis Barbari P. V. Artium doctoris. *Venetiis*, 1542. — Porphyrii voces cum Ammonii explanatione, Joanne Baptista Rosario interprete. *Venetiis*, *apud Hieronymum Scotum*, 1545, in-4, vél.

129. Ocellus Lucanus, de la Nature de l'univers, avec la traduction françoise et des remarques par M. l'abbé Batteux. *Paris*, *Saillant*, 1768, in-8, v. f. fil. tr. dor.

130. Du Polythéisme romain, considéré dans ses rapports avec la philosophie grecque et la religion chrétienne, par

Benjamin Constant. *Paris*, *Béchet aîné*, 1833, 2 vol. in-8, demi-rel. v. v.

131. Cicero. De Officiis et Cato Major. *Parisiis*, *Barbou*, 1773, 2 vol. in-18, texte encadré, mar. r. fil. tr. dor.

132. M. T. Ciceronis de Officiis, de Senectute et de Amicitia. *Londini*, *Gul. Pickering*, 1821, in-64, portr. cart. n. rog.

133. Essais de Michel de Montaigne, avec les notes de tous les commentateurs, et précédés de l'Éloge de Montaigne par M. Villemain. *Paris*, *Froment*, 1825, 8 vol. in-16, demi-rel. veau vert. (*Portrait.*)

134. Essais de Michel de Montaigne, avec les notes de tous les commentateurs, édition publ. par J.-V. Le Clerc. *Paris*, *Lefèvre*, 1836, 2 vol. in-8, portr. br.

135. Œuvres philosophiques de Descartes, publiées par L. Aimé-Martin. *Paris*, *A. Desrez*, 1838, gr. in-8, demi-rel. dos et coins de mar. r.

136. Renati Des-Cartes Principia philosophiæ. *Amstelodami*, *apud Lud. Elzevirium*, 1644, in-4, fig., v. ant. fil.

137. Discours de la Méthode, par Descartes. *Paris*, *Renouard*, 1825, pet. in-12. — Considérations sur les mœurs de ce siècle, par M. Duclos. *Londres*, 1734, in-16 (*portr. grav.*). Ens. 2 vol. demi-rel. v. bl. et v. ant. fil.

138. Œuvres philosophiques, morales et politiques de François Bacon, avec une notice biographique par J.-A.-C. Buchon. *Paris*, *A. Desrez*, 1836, gr. in-8, demi-rel. dos et coins de mar. viol.

De la collection du Panthéon littéraire.

139. Œuvres de Leibniz, nouvelle édition, collationnée sur les meilleurs textes, par M. A. Jacques. *Paris*, *Charpentier*, 1842, 2 vol. in-12, demi-rel. v. r.

140. Les Charactères des passions, par le sieur de la Chambre. *Amsterdam*, *Ant. Michel*, 1658, 4 vol. — L'Art de connoistre les hommes, par le même. *Amsterdam*, *Jacques le Jeune*, 1660. Ensemble 5 vol. pet. in-12, titre gravé, mar. r. dent. tr. dor. (*Ducastin.*)

141. Le Système de l'âme, par le sieur de la Chambre. *Paris*, *Jacques d'Allin*, 1665, in-12, v. f. fil. tr. dor. (*Bibolet.*)

142. De l'Usage des passions, par le R. P. J.-F. Senault. *Leide*, *J. Elzevier*, 1658, in-18, titre gr. v. ant. tr. dor.

143. L'Art de connoistre les hommes, par le sieur de la Chambre. *Amsterdam*, *Jacques le Jeune* (*Elzev.*), 1660, pet. in-18, frontisp. gr. v. br.

Hauteur : 127 millim. Il manque un feuillet au premier cahier.

144. Les Caractères de la Bruyère, suivis des Caractères de Théophraste, traduits du grec par le même. *Paris, Emler*, 1829, 2 tom. en 1 vol. in-8, demi-rel. mar. r.

145. Malebranche. De la Recherche de la vérité. Sixième édition. *Paris, Michel David*, 1712, 4 vol. in-12, v.

146. Introduction à la connaissance de l'esprit humain, par Vauvenargues. *Paris, Persan et Ce*, 1822, in-18. cart.

147. Choix de moralistes français, avec notices biographiques, par J.-A.-C. Buchon. *Paris, A. Desrez*, 1836, gr. in-8, demi-rel. dos et coins de mar. r.

De la collection du Panthéon littéraire.

148. Réflexions, sentences et maximes morales de la Rochefoucauld, édition conforme à celle de 1678, publiée par G. Duplessis, avec une préface de M. A. Sainte-Beuve. *Paris, P. Jannet*, 1853, in-12, demi-rel. v. f.

De la collection Elzevirienne. Rare.

149. Le Spectateur, ou le Socrate moderne, où l'on voit un portrait naïf des mœurs de ce siècle, traduit de l'anglais (publié d'abord par Steele, Addisson, Pope, etc...). *Amsterdam, Wetstein et Smith*, 1741, 6 vol. in-12, frontisp., portr. de R. Steele, v. marbr.

150. Œuvres philosophiques de M. de la Mettrie. *Amsterdam*, 1753, 2 vol. in-12, mar. bl. dent. tr. dor. (*Rel. anc.*)

151. Saint-Pierre (Bern. de). Études de la nature. *Paris, Crapelet*, 1804, 5 vol. in-8, v. dent. fil.

152. Traité de l'Esprit, par Helvétius. *Paris, Dalibon*, 1827, 2 vol. in-8, dem.-rel. v. viol.

153. Bonheur des sots (par M. Necker). *S. l. n. d.*, in-8, bas.

154. Contemplation de la nature, par Ch. Bonnet. *Hambourg, Virchaux*, 1782, 3 vol. in-8, v. f. fil.

155. Rapports du physique et du moral de l'homme, par P.-J.-G. Cabanis. *Paris*, 1830, 2 tomes en 1 vol. in-8, demi-rel. v. f.

156. Système analytique des connaissances positives de l'homme, par M. le chevalier de Lamarck. *Paris, A. Belin*, 1820, in-8, dem-rel. v. v.

157. De la Philosophie morale, ou des différents systèmes sur la science de la vie, par Joseph Droz. *Paris, Ant.-Aug. Renouard*, 1824, in-18, dem.-rel. v. viol. (*Thouvenin.*)

158. Bach. Dante et saint Thomas (État de l'âme depuis la mort jusqu'au jugement dernier). Thèses française et latine. *Rouen*, 1835, gr. in-8, broch.

159. Étude de l'homme, par N.-V. de Latena. *Paris, Garnier fr.*, 1854, in-8, mar. olive, n. rog.

160. Kant. Examen de la Critique du jugement, par J. Barni, 1850. — Hegel. Philosophie de l'art, analyse par Ch. Bénard, 1852. 2 tomes en 1 vol. in-8, demi-maroq. v. fil.

161. Essai de philosophie religieuse, par Émile Saisset. *Paris, Charpentier*, 1859, in-8, demi-rel. mar. br.

162. Caro (E.). L'Idée de Dieu et ses nouveaux critiques. *Paris, Hachette*, 1864, in-8, br.

163. Caro (E.). La Philosophie de Goethe. *Paris*, 1866, in-8, br.

164. Bénard (Ch.). Questions de philosophie. *Paris, Delagrave,* 1869, in-8, br.

165. La Morale et la Politique d'Aristote, traduites du grec par M. Thurot. *Paris, F. Didot*, 1823, 2 vol. in-8, demi-rel. v. ant.

166. Cicéron. La République, d'après le texte inédit de M. Mai avec trad. française par M. Villemain. *Paris, Michaud*, 1823, 2 vol. in-fol. demi-rel. Fig. et spécimen du palimpseste.

167. Théorie des gouvernements, par le baron de Beaujour. *Paris, F. Didot*, 1823, 2 vol. in-8, v. r. compart.

168. L'Européen, journal des sciences morales et politiques. 1831-32, in-4, demi-rel. v. ant.

169. Le Livre des peuples et des rois, par Charles Sainte-Foi. *Paris, Brockhaus et Avenarius*, 1839, 2 vol. in-18, v. f. fil. tr. dor. (*Lebrun.*)

170. Le Livre des peuples et des rois, par M. Sainte-Foi. *Paris*, 1839, 2 tom. en 1 vol. — L'Anti-rouge, almanach anti-socialiste, anti-communiste. *Paris, Garnier*, 1851. Exposition abrégée du système phalanstérien de Fourier, par V. Considerant. — Du Pain, du Travail et la Vérité, par J.-P. Schmit. — Le Catéchisme de l'ouvrier, par J.-P. Schmit, 3 br. en 1 vol. Ens. 3 vol. in-12, demi-rel. mar. vert et brun, cart.

171. Blanqui. Histoire de l'économie politique en Europe. *Paris, Guillaumin,* 1845, 2 vol. in-12, demi-rel. mar. viol.

172. Proudhon (P.-J.). De la Justice dans la révolution et dans l'Eglise. *Paris, Garnier*, 1858, 3 vol. in-12, demi-rel. mar. la Vall. (*Rare.*)

173. Histoire du communisme, par M. Alfred Sudre. *Paris*, *V. Lecou*, 1850. — Le Devoir, par J. Simon. *Paris*, *Hachette*, 1854, 2 vol. in-12, demi-rel. v. f.

174. Études sur les réformateurs contemporains ou socialistes modernes, Saint-Simon, Ch. Fourier, Robert Owen, par M. Louis Reybaud. *Paris*, *Guillaumin*, 1840, in-8, demi-rel. mar. r.

175. Œuvres diverses de Saint-Simon. *Paris*, 1817-30, 6 vol. in-8, demi-rel. v. ant.

176. Caro (E.). Essai sur la vie et la doctrine de Saint-Martin. *Paris*, 1842.— De Vita beata quid senserit Seneca. — Discours à la faculté des lettres de Douai. 1854. — 3 p. en 1 vol. in-8, demi-rel. mar. bl. fil.

177. Pourquoi des propriétaires à Paris? dédié aux locataires. *Paris*, *Ledoyen*, 1857. — Traité d'économie, par M. le comte Destutt de Tracy. *Paris*, 1823. — Menus propos et joyeusetés d'un bourgeois de Paris sur la décentralisation. *Paris*, *Dentu*, 1859. En. 3 vol. in-16, mar. noir et demi-rel. mar. r.

178. Ordonnance de la Court des monnoyes sur le prix et valeur des demys reaulx d'or et philippus d'argent forgez en Flandres, et descry des pièces de billon, forgez en Allemagne, qui s'exposent pour quart de Jocondalles. *Paris*, *Jean Dallier*, 1565. — Ordonnance du roy et de sa Cour des monnoyes, sur le cours et mise des solz parisis de nouvelle fabrication. *Paris*, *Jean Dallier*, 1565, pet. in-8 de 20 ff. fig. n. rel.

179. Manuel du spéculateur à la Bourse, par Proudhon. *Paris*, *Garnier*, 1857. — La Révolution sociale démentie par le coup d'État du 2 décembre, par P.-J. Proudhon. *Paris*, *Garnier*, 1852. — Les Conspirateurs, par A. Chenu. *Paris*, *Garnier*, 1850. — Révolutions politiques et sociales de 1848, prédites en 1843 par F. Lallemand. *Paris*, 1848. — Almanach historique de la République française. *Paris*, *Garnier*, 1851, 5 vol. in-12, demi-rel. mar. et v.

180. Des Institutions du crédit foncier et agricole dans les divers Etats d'Europe, nouveaux documents recueillis par ordre de M. Dumas et publiés par M. J.-B. Josseau. *Paris*, *Imprimerie nationale*, 1851, in-8, br.

181. Défense de l'usure, ou lettres sur les inconvénients des lois qui fixent le taux de l'intérêt de l'argent, par Jérémie Bentham. *Paris*, *Malher*, 1828, in-8, demi-rel. v. viol.

182. The Way to wealth, or poor Richard improved. — La Science du bonhomme Richard, ou moyen facile de payer

les impôts, par Benj. Franklin. *Paris, Ant.-Aug. Renouard,* 1795, in-18, portr. v. porph. fil. tr. dor.

183. Dictionnaire du commerce et des marchandises, publié sous la direction de M. Guillaumin. *Paris, Guillaumin,* 1839, 2 vol. gr. in-8, demi rel. mar. n.

184. Bénard (Ch.). De la Philosophie dans l'éducation classique. *Paris, Ladrange,* 1862, fort vol. in-8, br.

185. De l'Instruction publique en France, par M. Émile de Girardin. *Paris, Mairet et Fournier,* 1842. — De l'Enseignement obligatoire. Discussion entre M. de Molinari et M. Frédéric Passy. *Paris, Guillaumin,* 1859, 2 vol. in-12, demi-rel. mar. et cart.

186. Éducation maternelle, simples leçons d'une mère à ses enfants, par Mme Amable Tastu. *Paris, Didier,* 1843, gr. in-8, fig. et cartes, mar. v. compart. tr. dor.

187. A B C Buch für Kinder, von R. Reinick von Ferd. Hiller. *Leipzig,* 1854, in-4, fig. demi-rel. mar. rouge non rogné.

188. The young lady's Book, a manual of elegant recreations, exercises and pursuits. *London,* 1839, in-18, fig. cart. tr. dor.

189. Les Femmes coquettes, ou la Ruine des maisons, par Monpont. *Paris, Ledoyen,* 1857, in-18, demi-rel. mar. r. — Le Bien qu'on a dit de l'amour, par Emile Deschanel. *Paris, M. Lévy,* 1858, in-18, demi-rel. mar. v. — Il ne faut pas que les femmes sachent lire, par S. Maréchal. *Paris, G. André, s. d.,* in-32, demi-rel. mar. r.

190. Les Femmes jugées par les méchantes langues, par L. Martin et Larcher. *Paris, Hetzel,* 1858. — Comme on devient un homme d'après les idées de B. Franklin, publiées par Ed. Douay. *Paris, s. d.* — Les Cotillons célèbres, par Em. Gaboriau. *Paris, E. Dentu,* 1861, 3 vol. in-12, demi-rel. mar. et v.

191. De l'Influence des femmes sur les mœurs et les destinées des nations, sur leurs familles et la société, par Mme F. Mongellaz. *Paris, Michaud,* 1831, 2 vol. in-8, demi-rel. v. f.

192. De la Bienfaisance publique, par M. le baron de Gérando. *Paris, J. Renouard,* 1839, 4 vol. in-8, demi-rel. mar. bl.

193. Rapport général, présenté par M. Thiers au nom de la Commission de l'assistance et de la prévoyance publiques, dans la séance du 26 janvier 1850. *Paris, Paulin,* 1850, In-8, demi-rel. v. f.

194. Tableau de l'état physique et moral des ouvriers, par M. Villermé. *Paris, J. Renouard,* 1840, 2 tomes en 1 vol. in-8, demi-rel. mar. r.

195. Les Artisans illustres, par Édouard Foucoud. *Paris, Béthune et Plon,* 1841, gr. in-8, fig. demi-rel. mar. br.

196. Organisation du travail, par Louis Blanc. *Paris, Cauville,* 1845. — De l'Etat des ouvriers et de son amélioration par l'organisation du travail, par Ad. Boyer. *Paris,* 1841, 2 ouv. en un vol. in-12, dem. rel. ch. vert.

197. Des Classes dangereuses, de la population dans les grandes villes, et des moyens de les rendre meilleures, par H.-A. Frégier. *Paris, J.-B. Baillière,* 1840, 2 tomes en 1 vol. in-8, demi-rel. mar. r.

198. Rapport sur la prostitution, par M. de Goulhot de Saint-Germain. *Paris, E. Dentu,* 1865, in-8, cart. n. rog.

199. De l'État actuel des prisons en France, par L.-M. Moreau-Christophe. *Paris, A. Desrez,* 1837, in-8, demi-rel. mar. rouge.

200. Les Forçats, considérés sous le rapport physiologique, moral et intellectuel, par H. Lauvergne. *Paris, J.-B. Baillière,* 1841, in-8, demi-rel. mar. r.

---

201. Défense de Bl. Pascal et accessoirement de Newton, Galilée, Montesquieu, etc., contre les faux documents présentés par M. Chasles à l'Académie des sciences, par M. P. Faugère. *Paris, L. Hachette,* 1868, in-4, fac-simile, broch.

202. Leçons d'astronomie, par M. Arago. *Paris, Chamerot,* 1845. — Éléments d'astronomie, par A. Quételet. *Paris, Hachette,* 1847, 2 vol. in-12, demi-rel. v. f.

203. Les Discours et questions militaires, par le sieur du Praissac. *Rouen, Jean Boulley,* 1628, in-8, fig. vél.

204. Delle Artiglierie dal MCCC al MDCC, discorso del cavaliere Luigi Cibrario. *Lione, L. Perrin,* 1854, in-4, pap. teinté, cart.

205. FORTIFICATION, BATTERIES TOURNANTES, par Baltard. *Paris,* 1810, pet. in-4, mar. rouge, dent. doublé de tabis, tr. dor.

Manuscrit avec dessins, aux armes et chiffres de Napoléon Ier.

206. Batailles de terre et de mer jusques y compris la bataille de l'Alma, par le comte E. Bouët-Willaumez. *Paris, J. Dumaine,* 1855, in-8, fig. demi-rel. dos et coins de mar. rouge.

207. L'Examen des Esprits pour les sciences, composé par Jean Huarte, traduit de l'espagnol par Francois-Savinien d'Alque. *Amsterdam, Jean de Ravestein,* 1672, pet. in-12, front. gravé, v. ant. tr. dor.

---

208. Instruction pour le peuple. Cent traités sur les connaissances les plus indispensables. *Paris, J.-J. Dubochet*, 1848, 2 vol. gr. in-8, fig. cart. n. rog.

209. Figuier (L.). Découvertes scientifiques. *Paris, Masson*. 1854-57, 4 vol. in-12, demi-rel. v. f. — L'Année scientifique (1857-1858). *Paris, Hachette*, 2 vol. in-12, demi-rel. v. f.

210. Enseignement élémentaire universel, par MM. Andrieux de Brioude et L. Baudet. *Paris, Dubochet*, 1844. — Cours de physique, par A. Ganot. *Paris, Delalain,* 1859. — Lettres philosophiques sur la formation des sels et des cristaux, par M. Bourget. *Amsterdam, Marc-Michel Rey*, 1762, 3 vol. in-12, demi-rel. mar.

211. Éléments de minéralogie et de géologie, par Leymarié. *Paris, Masson,* 1866, 2 vol. in-12, br.

212. Milne-Edwards, Zoologie. — Beudant, Minéralogie et géologie. — Jussieu, Botanique. *Paris, Garnier et Masson*, 3 vol. in-12, brochés.

213. Cuvier (baron G.). Discours sur les révolutions de la surface du globe. 3e édition. *Paris, Dufour*, 1825, demi-rel. veau.

214. Discours sur les révolutions de la surface du globe, par M. le baron G. Cuvier. *Paris, Schubart*, 1828, in-8, demi-rel. v. bl. n. rog.

215. Analyse raisonnée des travaux de Georges Cuvier, précédée de son éloge historique par P. Flourens. *Paris, Paulin*, 1841. — Résumé analytique des observations de Fr. Cuvier sur l'instinct et l'intelligence des animaux par P. Flourens. *Paris, Ch. Pitois*, 1841, in-12, portr. de Flourens sur chine, fig. v. f. tr. dor. (*Armoiries.*)

216. Orbigny (Alcide d'). Cours élémentaire de paléontologie et de géologie stratigraphiques. *Paris, Masson*, 1849-52, 3 tom. en 2 vol. in-12, demi-rel. mar. bl. (*Vignettes.*)

Avec atlas in-4. Rare.

217. Arago (Fr.). Œuvres diverses. *Paris*, 1843-52, 8 vol. pet. in-12, demi-rel. v. f.

Vie de Herschel. — Vie de Bailly. — Éloge de Watt. — Météorologie. — De la Scintillation. — Sur le tonnerre. — Machine à vapeur, 3 vol.

218. Tableau de la nature. Édition avec changements et additions importantes, par A. de Humboldt, traduite par Ch. Galusky. *Paris*, *Gide et Baudry*, 1851, 2 vol. in-12, v. f. (*Cartes.*)

219. La Fin du monde par la science, par Eug. Huzar. *Paris, Dentu,* 1855. — La Clef de la science, ou les Phénomènes de tous les jours expliqués par le Dr Brewer. *Paris, J. Renouard*, 1855. — Le Peuple et les savants du XIXe siècle en matière de religion, par M. de M. *Paris*, 1845, 3 vol. in-12, demi-rel. mar.

220. Notions générales de chimie, par J. Pelouze et E. Frémy. *Paris, V. Masson,* 1853, in-8 et planches color. demi-rel. v. ant.

221. Leçons de chimie élémentaire appliquées aux arts industriels, par M. Doré fils. *Paris*, *Carillan-Gœury*, 1855, 3 part. en 2 vol. in-8, demi-rel. mar. r.

222. Dictionnaire des altérations et des falsifications des substances médicamenteuses et commerciales, avec l'indication des moyens de les reconnaître par M. A. Chevallier. *Paris*, *Béchet jeune*, 1854, 2 vol. in-8, demi-rel. dos et coins de mar. r. tête dor. n. rog.

223. Traité de physique, par Jacques Rohault. *Amsterdam*, *Jacques le Jeune*, 1672, 2 vol. in-12, fig. demi-rel. chagr. bleu.

224. Lettres à Sophie sur la physique, la chimie et l'histoire naturelle, par L.-A. Martin. *Paris*, *H. Nicolle*, 1610, 2 vol. in-8, bas. rac.

225. Lettres à Sophie sur la physique, la chimie et l'histoire naturelle, par Louis-Aimé Martin, avec des notes par M. Patrin. *Paris, H. Nicolle,* 1818, 4 tom. en 2 vol. in-18, fig. v. f. dent. tr. dor.

Avec envoi autographe de l'auteur à madame Walckenaer.

226. Les Eaux illustrées. Enghien et ses environs, par Émile de Girardin, Charles Brainne, Victor Poupin ; notice médicale par le docteur de Puisaye, dessins de V. Giraud et Aug. Gaudry. *Paris, M. Lévy, s. d.*, gr. in-8, fig. br.

227. Les Petites Aventures de Jérôme Sharp, professeur de physique amusante (par Decremps). *Bruxelles*, 1793, 3 parties en 1 vol. in-8, fig. demi-rel. mar. n.

---

228. Dictionnaire classique d'histoire naturelle. *Paris, Rey et Gravier*, 1822, 17 vol. in-8, demi-rel. (*Figures coloriées.*)

229. Œuvres complètes de Buffon, mises en ordre par M. le comte de Lacépède. *Paris*, *Eymery*, 1829, 28 vol. in-8, planches color. demi-rel. v. f.

230. Œuvres du comte de Lacépède, nouvelle édition dirigée par M. A.-G. Desmarest. *Paris*, *Ladrange et Verdier*, 1826-34, 12 vol. in-8, fig. color. demi-rel. v. bl.

231. Histoire des progrès des sciences naturelles depuis 1789 jusqu'à ce jour, par M. le baron G. Cuvier. *Paris*, *Baudouin*, 1826, 2 vol. in-8, demi-rel. v. gris.

232. Traité élémentaire d'histoire naturelle, par A. Baudrimont. *Paris*, *H. Cousin*, *s. d.*, in-8, fig. color. demi-rel. mar. v.

233. Dictionnaire raisonné, étymologique, synonymique et polyglotte des termes usités dans les sciences naturelles, par A.-J.-L. Jourdan. *Paris*, *J.-B. Baillière*, 1834, 2 tom. en 1 vol. in-8, demi-rel. mar. r.

234. Leçons élémentaires d'histoire naturelle, comprenant un aperçu sur toute la zoologie et un traité de conchyliologie, par M. J.-C. Chenu. *Paris*, *J.-J. Dubochet*, 1847, gr. in-8, fig. demi-rel. mar. bl. tr. dor.

235. Souvenirs d'un naturaliste, par A. de Quatrefages. *Paris*, *V. Masson*, 1854, 2 vol. in-12, demi-rel. v. f.

236. Cap (Antoine). Études orographiques pour servir à l'histoire des sciences. *Paris*, *Masson*, 1857-64, 2 vol. in-12, demi-rel. mar. r.

237. Notions préliminaires de zoologie, par Milne Edwards. *Paris*, *Masson*, 1853. — Zoologie, par le même, *Paris*, *Masson*, 1841. — Botanique, par M. Adrien de Jussieu. *Paris*, *Masson*, *s. d.* — Minéralogie, géologie, par Beudant. *Paris*, *Langlois*, 1841. — Cours élémentaire, théorique et pratique d'arboriculture, par M. A. Du Breuil. *Paris*, *Masson*, 1846, 5 vol. in-12, fig. demi-rel. mar.

238. Promenade sentimentale et scientifique au jardin d'hiver par M. Ed. (de Sérigny). *Paris*, 1848. — Histoire de la rose, par A. de Chesnel. *Paris*, 1838. — Entretiens sur la pluralité des mondes, par de Fontenelle. *Paris*, *Bossange*, 1821. — Lettres sur les révolutions du globe, par M. A. Bertrand. *Paris*, *Furne*, 1828. — Le Monde enchanté, par M. Ferdinand Denis. *Paris*, *Fournier*, 1845, 5 vol. in-18, demi-rel. v.

239. Philosophie zoologique, par J.-B.-P.-A. Lamarck. *Paris*, *J.-B. Baillière*, 1830, 2 vol. in-8, demi-rel. v. ant.

240. De l'Homme et des races humaines, par H. Holland. *Paris*, *Labé*, 1853. — Recherches physiologiques sur la vie

et la mort, par Bichat. *Paris*, *Masson*, *s. d.* — Des Substances alimentaires et des moyens de les améliorer, par A. Payen. *Paris*, 1853. — Guide des étrangers dans le Muséum d'histoire naturelle. *Paris*, *Curmer*, 1855, 4 vol. in-12, demi-rel. mar. et v.

241. Quatrefages. Métamorphoses de l'homme et des animaux. *Paris*, *Baillière*, 1862, fig. in-12, br. — Lambert, Géologie et zoologie. *Paris*, *Savy*, 1864-67, 2 vol. pet. in-12, fig. br.

242. Muséum du jeune naturaliste, figures des principaux animaux de la création, avec leur description et l'histoire de leurs mœurs d'après Buffon, Cuvier, etc. *Paris*, *L. Curmer*, *s. d.*, in-4, fig. color. br.

243. Le Cabinet du naturaliste, ou Esquisses intéressantes de l'histoire des animaux. *Paris*, *Ledoux*, *s. d.*, 6 vol. in-12, fig. bas. rac.

244. Centurie zoologique, ou Choix d'animaux rares, nouveaux ou imparfaitement connus, par R.-P. Lesson. *Paris*, *F.-G. Levrault*, 1830, in-8, planches, cart. n. rog.

245. History of quadrupeds. *London*, in-18, cart. — Natural history of cage birds, *London*, 1841. — Etc. — 7 vol. in-18, cart. *Figures.*

246. L'Esprit des bêtes, vénérie française et zoologie passionnelle, par A. Toussenel. *Paris*, 1847, in-8, demi-rel. v. fauve.

247. Manuel d'ornithologie, ou Description des genres et des principales espèces d'oiseaux, par Lesson. *Paris*, *Roret*, 1828, 2 vol. — Manuel de mammalogie, ou Histoire naturelle des mammifères, par le même. *Paris*, *Roret*, 1827. — Les Chevaux et les courses en France, par U. Desvaulx. *Paris*, *F. Didot*, 1863. — L'Homme (Homo). Essai zoologique sur le genre humain, par M. Bory de Saint-Vincent. *Paris*, *Rey et Gravier*, 1827, 5 vol. in-18, demi-rel. mar.

248. Manuel de l'amateur des oiseaux de volière, par M. Bechstein. *Paris*, *Th. Ballimore*, 1829, in-8, demi-rel. mar. r.

249. Traité d'ornithologie, ou Tableau méthodique des ordres, sous-ordres, familles, tribus, genres, sous-genres et races d'oiseaux, par R.-P. Lesson. *Paris*, *F.-G. Levrault*, 1831, in-8 et 1 vol. de planches, cart. n. rog.

250. La Galerie des oiseaux, par L.-P. Vieillot et M.-P. Oudart. *Paris*, *Carpentier-Méricourt*, 1834, in-4, demi-rel. mar. viol.

251. Considérations sur l'établissement d'une nouvelle volière au Jardin du roi, par Auguste Declémy. *Paris, L. Curmer*, 1841, in-8, fig. color. chagr. v. fil.

252. L'Esprit des bêtes. Le Monde des oiseaux, ornithologie passionnelle, par A. Toussenel. *Paris*, 1853, in-8, demi-rel. v. f.

---

253. Atlas élémentaire de botanique avec le texte en regard, comprenant l'organographie, l'anatomie et l'iconographie des familles d'Orient, par Emmanuel Le Maout. *Paris, Fortin, Masson*, 1846, in-4, fig. demi-rel. dos et coins de mar. v.

254. Leçons élémentaires de botanique, fondées sur l'analyse de 50 plantes vulgaires, par Emm. Le Maout. *Paris, Fortin, s. d.*, in-8, fig. demi-rel. dos et coins de mar. br.

255. J.-W. de Goethe. Essai sur la métamorphose des plantes, traduit par Frédéric Soret. *Stuttgart, J.-G. Cotta*, 1831, in-8, demi-rel. mar. br.

256. La Plante et sa vie, leçons populaires de botanique à l'usage des gens du monde, par le Dr J. Schleiden, trad. de l'allemand par Schendweiler. *Paris, Schulz et Thuillié*, 1859, in-8, fig. demi-rel. v. f.

257. L'Horticulteur français, journal des amateurs et des intérêts horticoles, rédigé par F. Herincq. *Paris*, 1851, in-8, fig. color. demi-rel. mar. bl. n. rog.

258. Camille Montagne, botaniste, par P.-Ant. Cap. *Paris, J.-B. Baillière*, 1866, in-8, portr. photogr. demi-rel. v. fauve.

259. Flore latine des dames et des gens du monde, par M. P. Larousse, avec une préface de M. Jules Janin. *Paris, Larousse et Boyer, s. d.*, gr. in-8, photogr. demi-rel. mar. viol.

260. The Flower-Garden containing directions for the cultivation of all Garden Flowers. *London, Corner*, 1839, in-12, fig. cart. tr. dor.

261. Journal des fleurs. *S. l. n. d.*, gr. in-8, fig. color. demi-rel. mar. r.

262. Alphabet-Flore renfermant 192 dessins composés des plus belles fleurs croissant dans toutes les parties du monde, dessiné d'après nature par P.-J. Redouté et lithographié par Chirat. *Paris, Chavaut, s. d.*, gr. in-8, v. v. compart. tr. dor.

263. Flore ornementale, par V. Ruprich-Robert. *Paris, Dunod,* 1865, in-4, texte et 77 planches, en ff. plus les livr. 26 à 30.

264. FLORE DES SERRES et des jardins de l'Europe, ou description et figures des plantes les plus rares et les plus méritantes..., rédigée par MM. Ch. Lemaire, Scheidweiler, L. Van Houtte, Blume, Brongniart, De Caisne, etc. *Gand, Louis Van Houtte,* 1845-1858, 14 tomes en 7 vol. in-4, nombr. figures, demi-rel. dos et coins de mar. rouge, fil. non rog.

Avec un atlas contenant toutes les planches montées sur papier, et formant 3 vol. gr. in-fol. Reliure uniforme ; bel exemplaire.

265. Principes raisonnés d'agriculture, par A. Thaër. *Paris, Th. Ballivore,* 1830, 4 vol. in-8 et atlas in-4, demi-rel. v. ant.

266. Traité d'agriculture, par Antelme. *Paris, Didier,* 1851, 3 vol. in-8, br. *Cartes et plans.*

267. L'Agriculture allemande, ses écoles, son organisation, ses mœurs et ses pratiques les plus récentes, par Royer. *Paris, Impr. royale,* 1847, in-8, pap. de Holl. br.

268. Cours d'agriculture et d'hydraulique agricole, comprenant les principes généraux de l'économie rurale..., par Nadault de Buffon. *Paris, Carillan-Gœury,* 1853, 1858, 3 tomes en 4 vol. in-8, fig. br.

269. Plantes de terre de bruyères, par Ed. André. *Paris, Librairie agricole, s. d.* — Herbier poétique, par Eug. Villemin. *Paris, J. Laisné,* 1842. — Énumération des genres de plantes, par A. Brongniart. *Paris, J.-B. Baillière,* 1850. — De la Taupe, de ses mœurs, de ses habitudes et des moyens de la détruire, par Ant.-Alexis Cadet-de-Vaux. *Paris, L. Colas,* 1803, 4 vol. in-12, demi-rel. mar. et v.

270. Recueil de plantes marines. 2 vol. in-4, demi-rel. mar. vert.

---

271. Hippocrate. Œuvres, accompagnées d'introduction et de notes par le Dr Ch.-V. Daremberg. *Paris, Charpentier,* 1844, in-12, demi-rel. mar. bl.

272. Traité élémentaire d'anatomie, ou Description succincte des organes et des éléments organiques qui composent le corps humain, par A.-L.-J. Bayle. *Paris, Méquignon-Marvis,* 1843, in-12, cart. n. rog.

273. Petit Atlas complet d'anatomie descriptive du corps humain, par J.-N. Masse. *Paris, Méquignon-Marvis,* 1846, in-12, fig. color. cart. n. rog.

274. Nosographie philosophique, ou la Méthode de l'analyse appliquée à la médecine, par Ph. Pinel. *Paris, J.-A. Brosson*, 1813, 3 tom. en 2 vol. in-8, demi-rel. mar. r.

275. L'Art de faire des garçons, ou Nouveau Tableau de l'amour conjugal par M. M*** (Procope-Couteau). *Londres*, 1787, pet. in-8, cart.

276. De l'Agonie et de la mort, par H. Lauvergne. *Paris, J.-B. Baillière*, 1842, 2 tom. en 1 vol. in-8, demi-rel. mar. rouge.

277. L'Eschole de Salerne, ensuite le poëme macaronique en vers burlesques (par Louis Martin, Parisien). *Paris, Jacques le Gras*, 1664, pet. in-12, portr. n. rel.

278. L'École de Salerne, ou l'Art de conserver la santé, en vers latins et françois avec des remarques par M. Levacher de la Feutrie. *Paris, Méquignon*, 1782, in-12, bas.

279. De la Santé des gens mariés, par le Dr L. Seraine. *Paris, Savy*, 1865. — L'Eau-de-vie, ses dangers, par A. Bouchardat. *Paris, Germer-Baillière, s. d.* — Précis analytique et raisonné du système du docteur Gall. *Paris*, 1829. — Vie de Franklin, par M. Mignet. *Paris, Pagnerre*, 1848, 4 vol. in-12 et in-18, demi-rel.

280. Lavater. La Physiognomonie, ou l'Art de connaître les hommes, traduction nouvelle par H. Bacharach. *Paris*, 1841, gr. in-8, fig. cart. n. rog.

281. Rapport sur les tapisseries et les tapis des manufactures nationales, fait à la commission française du jury international de l'exposition universelle de Londres, par M. Chevreul. *Paris, Impr. impériale*, 1854, in-8, demi-rel. v. f. n. rog.

---

282. Manuel des amphitryons, par l'auteur de l'Almanach des gourmands (MM. Grimod de la Reynière et Coste). *Paris, Capelle et Renaud*, 1808, fig. demi-rel. bas.

283. L'Arbitre des jeux, accompagné de petits poëmes historiques, par Méry. *Paris*, 1847, in-18, v. f. fil. tr. dor.

284. Le Grand Trictrac, ou Méthode facile pour apprendre sans maître la marche, les termes, les règles de ce jeu (par l'abbé Sounielle). *Paris, De Hansy*, 1766, in-8, fig. basane.

285. Abrégé de la nouvelle méthode dans l'art d'écrire et de tracer toutes sortes de danses de ville, par le sieur Rameau. *Paris*, 1725, 2 part. en 1 vol. in-8, fig. v. gr.

286. De la Danse, par Moreau de Saint-Méry. *Parme*, 1801, in-18, v. f. fil. n. rog. (*Aux armes de Curmer-Neilson.*)

287. RECUEIL GÉNÉRAL DES COEFFURES de différents goûts, où l'on voit la manière dont se coeffent les femmes à commencer en 1589 jusqu'en 1778, ouvrage fort désiré de l'un et l'autre sexe. *Paris, Desnos, s. d.*, in-4, br.

Recueil de 48 planches de format pet. in-12, tirées sur papier in-4 avec le texte gravé. Un exemplaire, relié en 1 vol. in-12, a atteint le prix de 230 fr. dans la première partie du catalogue ; celui-ci est dans sa brochure originale; l'angle du premier feuillet est déchiré.

288. Les Prophéties de M. Michel Nostradamus. *Troyes, Pierre Chevillot, s. d.*, pet. in-8, demi-rel. v. f. (*Portr. de Nostradamus.*)

Réimpression par Claye.

289. Recherches sur ce qu'il s'est conservé dans l'Égypte moderne de la science des anciens magiciens, par Léon de Laborde. *Paris, J. Renouard*, 1841, br. in-4.

Rare. Tiré à 25 exemplaires.

290. Apologie pour les grands hommes soupçonnez de magie, par G. Naudé, Parisien. *Amsterdam, P. Humbert*, 1712, pet. in-12, fig. v. gr.

BEAUX-ARTS.

LIVRES A FIGURES.

291. Les Beaux-Arts, revue de l'art ancien et moderne. *Paris*, 1860-64, 9 vol. gr. in-8, fig. demi-rel. mar. viol.

292. Gazette des beaux-arts (année 1869), 12 numéros. Gr. in-8, fig. br.

Cette année est devenue rare.

293. Gazette des beaux-arts, dirigée par M. Ch. Blanc. *Paris*, 1858-73, 26 numéros gr. in-8, fig. br.

Années 1858, un numéro. — 1859, quatre num. — 1860, sept num. — 1862, un num. — 1863, deux num. — 1864, deux num. — 1866, deux num. — 1867, deux num. — 1868, deux num. — 1869, un num. — 1873, deux num.

294. Dictionnaire de l'Académie des beaux-arts. *Paris*, *F. Didot*, 1858, t. Ier en 3 livr. gr. in-8, fig. br.

295. Recueil de notices historiques lues dans les séances publiques de l'Académie royale des beaux-arts à l'Institut, par M. Quatremère de Quincy. *Paris, Adrien Le Clère*, 1834, in-8, demi-rel. dos et coins de mar. viol. tête dor. n. rog.

296. Esquisses de la vie d'artiste, par Paul Smith. *Paris*, 1844, 2 vol. in-8, br. (*Rare.*)

297. Études sur les beaux-arts, essais d'archéologie et fragments littéraires, par L. Vitet. *Paris*, *Charpentier*, 1846, 2 tom. en un vol. in-12, demi-rel. mar. r.

298. Essai d'un catalogue des artistes originaires des Pays-Bas ou employés à la cour des ducs de Bourgogne aux XIVe et XVe siècles, par le comte de Laborde. *Paris, V. Didron*, 1849, in-8, cart. n. rog.

299. Quelques Idées sur la direction des arts et sur le maintien du goût public, par le comte de Laborde. *Paris*, *Impr. impériale*, 1856, in-4, br.

Exemplaire en papier de Hollande, tiré à petit nombre.

300. Études sur les beaux-arts, par M. Guizot. *Paris*, *Didier*, 1860, in-12, demi-rel. v. f.

301. Etudes sur l'histoire de l'art, antiquité, moyen âge, temps modernes, par L. Vitet. *Paris*, *Mich. Lévy*, 1864, 4 vol. in-12, jolie demi-rel. mar. vert. myrte, tr. dor.

302. DE L'UNION DES ARTS et de l'Industrie, par M. le comte de Laborde. *Paris*, *Impr. impériale*, 1856, 2 vol. gr. in-8, br.

Exemplaire en grand papier vélin. Rare.

303. Grammaire des arts du dessin, architecture, sculpture, peinture..., par M. Ch. Blanc. *Paris, veuve Jules Renouard*, 1870, gr. in-8, fig. br.

304. Petits Principes à dessiner, d'après Le Clerc. *S. l. n. d.*, in-8, v. ant. (*Titre gr.*)

Recueil de vingt-cinq dessins gravés au trait.

305. Notice historique et bibliographique sur Jean Pèlerin, dit le Viateur, chanoine de Toul, et sur son livre de Artificiali Perspectiva, par M. Anatole de Montaiglon. *Paris*, *Tross*, 1861, in-8, cart. n. rog.

306. Tables historiques et chronologiques des plus fameux peintres anciens et modernes, par Antoine-Frédéric Harms.

Bronsvic, Fr.-Guil. Meyer, 1742, in-fol. demi-rel. mar. br. n. rog. (*Notes manuscrites.*)

307. Dictionnaire historique des peintres de toutes les écoles depuis les temps les plus reculés jusqu'à nos jours, par Adolphe Siret. *Bruxelles, Périchon,* 1848, gr. in-8, demi-rel. mar. br.

308. Siret (Alfred). Dictionnaire historique des peintres. *Paris, Lacroix,* 1872, 2 vol. gr. in-8 br.

Exemplaire en grand papier de Hollande.

309. Extrait des différens ouvrages publiés sur la vie des peintres, par M. P. D. L. F. (Papillon de La Ferté). *Paris, Ruault,* 1776, 2 vol. in-8, demi-rel. v. f.

310. Abrégé de la vie des peintres, avec des réflexions sur les ouvrages (par de Piles). *Paris, Charles de Sercy,* 1699, in-12, v. marb.

311. Champfleury. Histoire de la caricature antique et de la caricature moderne. *Paris, Dentu, s. d.* 2 vol. in-12, v. f. (*Nombr. vign. dans le texte.*)

312. Peinture murale chez les Grecs et les Romains. Appendice aux lettres d'un antiquaire, par M. Letronne. *Paris,* 1837, in-8 de 186 p. br.

Sur la peinture légère.

313. Il Primer of the art of illumination for the use of beginners, by F. Delamotte. *London, Spon,* 1860, pet. in-4, lettres en or et en couleurs, cart.

314. Alphabet-Roman, dessiné par H. Leymarie et gravé sur bois par Brevière. *Lyon, L. Boitel,* 1841, pet. in-8, demi-rel. dos et coins de mar. bl. (*Duru.*)

Tiré à 100 exemplaires.

315. Notice de quelques manuscrits précieux sous le rapport de l'art, par M. Vallet (de Viriville). *Paris,* 1866, gr. in-8, br.

316. Les Miniatures des manuscrits de la bibliothèque de Cambray, album; 18 planches au trait, fac-simile, dessinées et lithographiées par A. Duriquer. *Cambrai, Simon, s. d.,* in-4, br.

317. Portraits de Nicéphore, empereur d'Orient, de l'impératrice Marie, sa femme, et de S. Jean Chrysostome. 1078-1081, in-fol. br.

318. Histoire de la peinture au moyen âge, par Éméric David. *Paris, J. Renouard,* 1863. — La Peinture en France, par Olivier Merson. *Paris, Dentu,* 1861. — Histoire de la pein-

ture en Italie, par John Coindet. *Paris, J. Renouard*, 1856, 3 vol. in-12, mar. et v.

319. Ursula, princesse britannique, d'après la légende et les peintures d'Hemling. *Gand, J.-N. Houdin*, 1818, in-8, port. demi-rel. bas.

320. Vie de Léonard de Vinci, suivie du catalogue de ses ouvrages dans les beaux-arts, par P.-M. Gault de Saint-Germain. *Paris, Perlet*, 1803, in-8, demi-rel. mar. br.

321. La Renaissance des arts à la cour de France, études sur le seizième siècle, par le comte de Laborde. Additions au tome premier. Peinture. *Paris, L. Potier*, 1855, in-8, demi-rel. dos et coins de mar. r. tête dor. n. rog.

322. Galerie du Musée de France, publiée par Filhol, graveur. *Paris*, 1828, tom. II, gr. in-8, fig. cart. n. rog.

323. François Ier chez madame de Boissy, recueil de crayons ou portraits au crayon de couleur, enrichi par François Ier de vers inédits. *Paris*, 1863, gr. in-4 br. pap. teinté, figures sur chine.

324. Vie de Nicolas Poussin, considéré comme chef de l'école françoise, par P.-M. Gault de Saint-Germain. *Paris, P. Didot*, 1806, gr. in-8, pap. de Holl. fig. cart. n. rog.

325. Le Poussin, sa vie et son œuvre, par H. Bouchitté. *Paris, Didier*, 1858, in-8, demi-rel. v. bl.

326. Batailles d'Alexandre le Grand, roi de Macédoine, depuis l'an du monde 3668 jusqu'à l'an 3677 avant J.-C. 327 grav. par C. Le Brun, dessinées et gravées par Sébast. Le Clerc. *Paris, Lamy*, 1784, in-4, fig. demi-rel. bas.

327. Joseph, Carle et Horace Vernet, par A. Durande. *Paris, Hetzel, s. d.* — Œuvres complètes de Bernard Palissy. *Paris, Dubochet*, 1844. — Michel-Ange, poëte, par A. Lannau-Rolland. *Paris, Didier*, 1860. — W.-A. Mozart, par le Dr H. Dœring. *Paris, Bohnin*, 1860. — Eugène Delacroix, par Amédée Cantaloube. *Paris, Dentu*, 1864, 6 vol. in-12, demi-rel. mar. et v.

328. Le Dix-Huitième Siècle, poëtes, peintres, musiciens, par Arsène Houssaye. *Paris, Desessart*, 1843, 2 tom. en 1 vol. in-8, demi-rel. mar. r.

329. Pictures of the French : a series of literary and graphic delineations of french character, by Jules Janin, Balzac, Cormenin. *London*, 1840, in-8, fig. demi-rel. dos et coins de mar. r.

330. Explication des ouvrages de peinture, sculpture, gravure, lithographie et architecture des artistes vivants expo-

sés au palais des Champs-Élysées en 1863, 1864, 1865 et 1867. *Paris*, 1863-67, 4 vol. in-12, cart.

331. Biographie des peintres flamands et hollandais, par C.-H. Balkema. *Gand, H. Hoste*, 1844, in-8, fig. cart.

332. Les Anciens Peintres flamands, leur vie et leurs œuvres, par Crowe et G.-B. Cavalcaselle, trad. de l'anglais par O. Delepierre. *Bruxelles, Heussner*, 1862, 2 vol. in-4 br. fig. sur chine.

333. Musée d'Anvers, par W. Bürger. *Bruxelles, Muquardt*, 1862. — Les Musées d'Italie, d'Espagne, d'Angleterre et de Belgique, par L. Viardot. *Paris*, 1842. — Les Musées d'Italie, par L. Viardot. *Paris, Hachette*, 1859, 3 vol. in-12, demi-rel. mar. et v.

334. Histoire de la peinture flamande, depuis ses débuts jusqu'en 1864, par Alfred Michiels. *Paris, A. Lacroix*, 1865, 3 vol. in-8, br.

335. Histoire de la peinture flamande et hollandaise, par Arsène Houssaye. *Paris, J. Hetzel*, in-fol. demi-rel. mar. v.

336. Dictionnaire des peintres espagnols, par F. Quilliet. *Paris*, 1816, in-8, demi-rel. mar. viol.

337. Éloge historique de M. Mengs, premier peintre du roi d'Espagne, de Pologne, etc., avec un catalogue de ses principaux ouvrages de peinture. *S. l.*, 1781, pet. in-8, demi-rel. bas.

338. Catalogue général des ventes publiques de tableaux et estampes, depuis 1737 jusqu'à nos jours, par M. P. Defer. *Paris, Aubry*, 1863, 2 vol. gr. in-8, cart. n. rog.

339. Essai sur l'origine de la gravure en bois et en taille-douce, et sur la connoissance des estampes des XVe et XVIe siècles, par Jansen. *Paris, F. Schœll*, 1808, 2 vol. in-8, demi-rel. bas.

340. Des Gravures sur bois dans les livres de Simon Vostre, libraire d'Heures, par Jules Renouvier, avec un avant-propos par G. Duplessis. *Paris, A. Aubry* (*Lyon, impr. de L. Perrin*), in-8, pap. teinté, fac-simile, br.

341. Recueil de 60 gravures anciennes, en 1 vol. in-fol. cart. en vél.

342. Le Imagini delle donne Auguste intagliate in istampa di rame, con le vite et isposilioni di Enea Vico. Libri primo. *In Vinegia, appresso En. Vico et Vinc. Valgrisio*, 1557, in-4, fig. n. rel. (*Raccommodage au titre, quelques figures doubles.*)

343. Albert Durer. Passio Domini Nostri Jesu Christi. *S. l. n. d.* 36 fig. gr. sur bois, en 1 vol. in-4, demi-rel. chagr. n.

Planches remontées sur feuillets gr. in-4. Plusieurs épreuves sont très-belles. Les deux premières planches sont restaurées.

344. Éloge de M. Le Clerc, dessinateur et graveur, par M. l'abbé de Vallemont. *Paris, N. Caillou,* 1715, in-12, v. gr.

345. Figures de l'histoire de la république romaine, accompagnées d'un précis historique...., d'après les dessins de S.-D. Mirys. *Paris, an VIII,* in-4, pap. vél. rel. mar. n. rog.

Belles épreuves. 180 planches.

346. Figures pour le sacre de Louis XVI. In-8 br.

Ancien tirage.

347. Raffet, son œuvre lithographique et ses eaux-fortes, par H. Giacomelli. *Paris,* 1862, gr. in-8, eaux-fortes, demi-rel. mar. r. n. rog.

348. Faust. Compositions dessinées par Retsch. *Paris, Giard,* 1830, in-4 obl. cart. (26 *planches au trait.*)

349. Iconographie instructive. *Paris, Everat, s. d.* gr. in-8, portr. demi-rel. mar. r.

350. The Gallery of Portraits with Memoirs. *London, Ch. Knight,* 1833, 7 vol. gr. in-8, demi-rel. dos et coins de mar. v. tr. dor.

168 portraits sur acier, ouvrage publié à 25 fr. le volume.

351. Suite de 18 figures de Moreau pour les œuvres de Virgile. Gr. in-8.

352. Duplessis-Bertaux. Suite de 12 figures pour les œuvres de Montesquieu.

353. Suite de 20 figures de Le Barbier, pour la Jérusalem délivrée. In-4.

Épreuves avant la lettre. Elles sont accompagnées des vingt eaux-fortes. Épreuves avant les retouches. Très-rare.

354. Suite de 13 vignettes de Desenne, pour les œuvres de Regnard.

Épreuves avant la lettre, sur chine et eaux-fortes.

355. Suite complète de 51 vignettes par Moreau, pour les œuvres de Gessner. In-8. (*Ancien tirage.*)

356. Recueil de gravures de modes coloriées. 2 vol. in-4 et in-8, demi-rel.

357. Le Costume, ou Essai sur les habillements et les usages de plusieurs peuples de l'antiquité, prouvé par les monuments, par André Lens, peintre. *Liége, J.-F. Bassompierre*, 1776, in-4, planches, v. marbr.

---

358. Vignole. Les Cinq Ordres d'architecture, par Detournelle. *Paris, s. d.* in-4, fig. br.

359. Ornementation usuelle de toutes les époques dans les arts industriels et en architecture, par Pfnor. *Paris*, 1867, 2 p. en 1 vol. in-4, fig. en chromolithogr. demi-rel. mar. r. n. rog.

360. Mémoires sur Pompéi et Pétra, par J.-J. Hittorff. *Paris, Impr. impér.* 1866, in-4, br. (8 *planches.*)

361. Dictionnaire de l'architecture du moyen âge, par Adolphe Berty. *Paris, A. Derache,* 1845, in-8, fig. demi-rel. mar. r.

362. Archéologie chrétienne, ou Précis de l'histoire des monuments religieux du moyen âge, par M. l'abbé J.-J. Bourassé. *Paris, Mame,* 1847, in-8, fig. demi-rel. v. f.

363. L'Église Sainte-Trinité (ancienne Abbaye-aux-Dames) et l'église Saint-Etienne (ancienne Abbaye-aux-Hommes), à Caen, par V. Ruprich-Robert. *Caen, A. Hardel,* 1864, in-8, fig. demi-rel. v. f.

364. Sulla Cappellina degli scrovegni nell' arena di Padova e sui Freschi di Giotto in essa dipinti Osservazioni di Pietro Estense Selvatico. *Padova,* 1836, in-8, fig. br.

365. Histoire de la sculpture avant Phidias, par M. Beulé. *Paris*, 1864, gr. in-8, fig. br.

Extrait de la *Gazette des beaux-arts.*

366. Phidias, sa vie et ses ouvrages, par Louis de Ronchaud. *Paris, Gide,* 1861, in-8, demi-rel. v. r.

367. Letronne. Sur la statue antique de Venus Victrix, découverte dans l'île de Milo en 1820, etc. *Paris, impr. de P. Didot,* 1821, in-4, fig. demi-rel. mar. br.

368. Antiquarum statuarum urbis Romæ liber primus, illustrissimo et reverendissimo D. Othoni Truscbes de Vualdburg. *S. l. n. d.* in-4, fig. v. marbr. (*Aux armes de Colbert.*)

369. Description historique et chronologique des monuments de sculpture réunis au musée des monuments français, par Alex. Lenoir. *Paris,* 1803, in-8, demi-rel. mar. br.

370. Note sur les maîtres des œuvres des ducs de Bourgogne, suivie d'une note sur Joseph Colare, fondeur et canonnier, avec les preuves, par M. Marcel Canal. *Paris, Derache*, 1855, in-8 de 50 p., demi-rel. mar. v.

Extrait du Bulletin monumental, publié à Caen, par M. de Caumont.

371. H. Tabernacolo della Madonna d'Orsannichele, lavoro insigne di Andrea Organa. *Firenze*, 1851, in-fol. fig. cart.

372. Inventaire des meubles et joyaux du roi Charles V (31 janvier 1380), par le comte de Laborde. *Paris, Leleux*, 1851, gr. in-8, br. pap. de Holl.

Tiré à petit nombre.

373. Catalogue des objets d'art et de curiosité composant la célèbre collection du prince Soltykoff. *Paris*, 1861, in-8, fig. mar. bl. dent. tr. dor.

---

374. Recueil de 20 ballets, par Benserade, etc. *Paris, Robert Ballard*, 1654-1664, in-4, n. rel.

375. Nouvelles Parodies bachiques, mêlées de vaudevilles ou rondes de table, recueillies et mises en ordre par Christ. Ballard. *Paris*, 1700 (tom. II), in-12, fig. v. marbr.

376. Brunettes, ou petits airs tendres, avec les doubles et la basse continue, mêlées de chansons à danser, recueillies et mises en ordre par Christ. Ballard. *Paris*, 1703, in-12 (tome Ier), v. marbr.

377. Quadrille de Marie Stuart, dansé aux Tuileries le 2 mars 1829, par Madame, duchesse de Berry. *S. l.* 1829, in-fol. fig. color. demi-rel. bas. r.

---

378. Landscape of the Bible (recueil de 64 figures). *S. l. n. d.*, gr. in-8, demi-rel. dos et coins de mar. viol. n. rog.

379. Costume des anciens peuples, par M. Dandré-Bardon. *Paris, Ch.-Ant. Jombert*, 1772, in-4, fig. v. f. fil.

380. Funerali antichi di diversi popoli et nationi, descritti in dialogo da Thomaso Porcacchi. *Venetia*, 1591, pet. in-fol. cart.

Ouvrage recherché pour les nombreuses gravures de Girolamo Porro.

381. Del Reggimento e dei costumi delle donne di messer Francesco da Barberino. *Roma*, 1815, in-8, portr. demi-rel. v. f. tête dor. n. rog.

382. Holbenii pictoris Alphabetum mortis. *Bonn*, 1849, pet. in-8, fig. et encadr. en couleurs, demi-rel. mar. r.

383. L'Alphabet de la mort de Hans Holbein, publié par Anatole de Montaiglon. *Paris*, *Tross*, 1856, in-8, cart. n. rog.

384. La Danse des morts à Bâle (en français, anglais et allemand). *Bâle*, *Beck*, 1852. — La Grande Danse macabre des hommes et des femmes, historiée et renouvelée de vieux gaulois, en langage le plus poli de notre temps. *Troyes*, *J.-Ant. Garnier*, *s. d.* in-4, fig. demi-rel. mar. n.

385. Catalogus sanctorum vitas, passiones et miracula commodissime annectens ex variis voluminibus selectus quem edidit Reverendissimus in Christo pater dominus Petrus de Natalibus, Venetus. *Lugduni*, 1534, in-4, goth. demi-rel. v. r.

Ce volume est orné d'environ 600 petites figures sur bois représentant des saints. Les premiers feuillets sont raccommodés.

386. Omnia Andreæ Alciati V. C. Emblemata, per Claudium Minoem Divionensem. *Antverpiæ*, *ex officina Christophori Plantini*, 1574, in-16, fig. sur bois, v. ant. orn. dor. fil.

387. Achillis Bocchii Bonon. Symbolicarum quæstionum de universo genere quas serio ludebat libri V. *Bononiæ*, 1574, in-4, fig. v.

Livre rare et recherché à cause des 150 gravures de Jules Bonasone, faites sur dessins de Raphaël, du Parmesan, de Michel-Ange et de Prosper Fontana.

Manquent les pages 123 à 126.

388. Symbola divina et humana pontificum, imperatorum, regum ex musæo Octavii de Strada. *Arnhemiæ*, *apud Joh. Fridericum Hagium*, 1666, pet. in-12, nombreuses figures, v. gr.

389. Idea de un principe politico-christiano por D. Diego Saavedra Faxardo. *Valencia*, *Salvador Fauli*, 1800, 2 vol. pet. in-8, fig, bas.

390. Recueil d'emblèmes (en allemand). *Nuremberg*, *s. d.*, 2 part. en 1 vol. in-4, nombreuses figures, cart.

391. Nuova Raccolta di 100 vedutine antiche della città di Roma e sue vicinanze. *Roma*, *s. d.*, 2 tom. en 1 vol. in-4, cart.

392. Nuova Raccolta rappresentante i costumi religiosi, civili, e militari degli antichi Egiziani, Etruschi, Greci e Romani fatti dagli antichi monumenti... da Domenico Pronti. *In Roma*, *s. d.*, in-4 obl. fig. n. rel.

393. Vedute antiche e moderne le più interessanti della città di Roma incise da vari autori. *In Piazza, s. d.*, in-4, fig. n. rel.

394. Nouvelle Collection des vues de Rome antique et moderne, dessinées d'après nature. *Rome, P. Datri*, 1840, in-4 obl. fig. br.

395. Un An à Rome et dans ses environs. Recueil de dessins lithographiés représentant les costumes, les usages et les cérémonies civiles et religieuses des Etats romains, dessiné et publié par Thomas. *Paris, impr. de F. Didot*, 1823, in-fol. fig. demi-rel. v. ant.

396. Recueil de vues, costumes et monuments de Suisse et Italie. In-4 obl. fig. noires et color. demi-rel.

397. Musée de la caricature, ou Recueil des caricatures les plus remarquables publiées en France depuis le XIVe siècle jusqu'à nos jours...., par E. Jaime, avec un texte historique et descriptif.... (par les principaux écrivains). *Paris, Delloye*, 1838, 2 vol. in-4, nombr. fig. dont plusieurs color. demi-rel. chagr. r. dos orné.

Incomplet de deux planches.

398. La Revue comique à l'usage des gens sérieux, histoire morale, philosophique, politique, critique, littéraire et artistique de l'année 1849. *Paris*, 1849, gr. in-8, fig. br. (*Incomplet.*)

399. La Comédie à cheval, par Alb. Cler. *Paris, Bourdin, s. d.* (*Illustr. de Charlet, T. Johannot*, etc.) — Cahier des charges des chemins de fer, pamphlet. *Paris, Hetzel*, 1847. (*Illustr. de Bertall.*) — Les Buses graves, trilogie, par Tortu-Goth. 3 ouvr. en 1 vol. in-12, demi-rel. mar. la Vall.

400. Scènes de la vie privée et publique des animaux. Vignettes par Grandville. Etudes de mœurs contemporaines, publiées sous la direction de M. P.-J. Stahl. *Paris, J. Hetzel*, 1842, 2 vol. gr. in-8, fig. cart. toile, tr. dor.

Premier tirage.

401. Le Diable à Paris. — Paris et les Parisiens. — Mœurs et coutumes, caractères et portraits..., texte par MM. George Sand, P.-J. Stahl, Léon Golzan, Charles Nodier, de Balzac, etc..., précédé d'une histoire (et d'une géographie de Paris), par Th. Lavallée, illustrations par Gavarni, Bertall, Champin, Bertrand, d'Aubigny, Français. *Paris, Hetzel*, 1845, in-4, fig. et vignettes dans le texte, demi-rel. mar. v. tr. dor.

402. L'Hôtel des haricots, maison d'arrêt de la garde nationale de Paris, par Albert de Lasalle, 70 dessins, par Edmond Morin. *Paris, Dentu, s. d.*, in-8, br.

403. Veillées de famille. *Paris, F. Locquin, s. d.*, gr. in-8, fig. demi-rel. dos et coins de mar. viol.

404. Les Miettes d'Esope, par Aug. Roussel, dessins de Gavarni. *Paris, Furne, s. d.*, gr. in-8, demi-rel. mar. rouge, n. rog.

405. Profils révolutionnaires. — Revue comique à l'usage des gens du monde. Le peuple-roi. *Paris, Dumineray, s. d.*, gr. in-8, fig. demi-rel. mar. r.

Rare.

406. Recueil de vues, costumes et monuments de France, Italie et Belgique. In-4, oblong, fig. maroq. et color. demi-rel. bas.

407. Recueil de vues et des antiquités du Midi et Pyrénées. *Paris*, 1843, in-4, obl, demi-rel. bas.

408. Recueil de vues, costumes, monuments et caricatures de Belgique et Hollande, 1845, in-4, fig. maroq. et color. demi-rel.

409. Recueil de vues, costumes, monuments de Belgique et Allemagne, in-4, fig. n. et color. mar. v. compart. tr. dor. (*Thouvenin.*)

410. L'Été à Bade, par M. Eugène Guinot, illustré par MM. Tony Johannot, Eug. Lami, etc. *Paris, Furne, s. d.*, gr. in-8, fig. cart. n. rog.

411. Les Normands illustres, par Ch. Devritz. — Les Églises de France. *Paris, L. Curmer, s. d.*, gr. in-8, demi-rel. mar. r. portr. et fig.

412. Les Belges peints par eux-mêmes. *S. l. n. d.*, gr. in-8, fig. demi-rel. mar. r.

413. Traditions de Palestine par miss Henriette Martineau, trad. de Mme Amable Tastu. *Paris, Curmer, s. d.*, in-8, mar. bleu, fil. tr. dor. (*Vignettes dans le texte.*)

414. Vues pittoresques de l'Inde, de la Chine et des bords de la mer Rouge, dessinées par Prout, Stanfield, Cox, etc., sur les esquisses de Robert Elliot, accompagnées d'un texte historique par Emma Roberts, traduit par J.-F. Gérard. *Londres, H. Fisher, s. d.*, 2 volumes in-4, maroq. viol. tr. dor.

415. La Mosaïque, nouveau magasin pittoresque universel. *Paris, A. Everat*, 1839, 3 vol. grand in-8, fig. demi-rel. bas.

416. Album du *Charivari*. In-4, demi-rel. vél.

417. Album de l'Exposition. Le *Palais de cristal*, journal illustré de 1851 et des progrès de l'industrie universelle. *Paris*, 1851, pet. in-fol. demi-rel. mar. br.

418. Album du chemin de fer de Lyon à la Méditerranée. Recueil de dessins de sites, monuments, costumes, etc., étudiés dans le parcours de cette voie et exécutés sur pierre, par J.-B. Laurens; 3e excursion, 1860-61. *Paris, Le Chevalier*, 1860-61, in-4 obl. en ff.

419. Galerie des gens de lettres. *S. l. n. d.*, gr. in-8. portr. mar. bl.

420. Musée des familles. *Paris*, 1833-1840, tom. 1 à 7, gr. in-8, fig. demi-rel, mar. r.

421. Le Magasin universel. *Paris*, 1833-1840, tom. 1 à 7, gr. in-8, fig. demi-rel. v. viol.

422. Die Welt in einer Nuss. *Nürnberg*, 1730, in-8, fig. sur bois, bas.

423. Kerckelycke histoire van de Gheheele Wereldt.... ende van Duytschlandt ende van Vranckryck. *T'Antwerpen, M. Cnobbaert*, 1668, in-fol. portraits et figures, demi-rel. bas.

424. Abraham de Aartsvader in XII boeken, door Arnold Hooguliet. *Rotterdam, Jan Daniel Beman*, 1744, in-4, fig. de J. Punt, demi-rel. v.

425. London, edited by Charles Knight. *London*, 1841, 2 vol. gr. in-8, fig. demi-rel. mar. r.

426. The illustrated London News. *London* (novembre 1842 à mars 1844), in-fol. demi-rel. mar. r.

427. The Solace of song, short poems suggested by scenes visited on a continental tour chiefly in Italy. *London*, 1837, in-8, fig. sur chine, demi-rel. mar. r. n. rog.

428. The Club, or, a gray cap for a green head, a dialogue between a father and hisson by James Puckh. *London, Ch. Tilt*, 1834, in-8, fig. cart. tr. dor.

429. The Children in the wood, with engravings drawn by W. Harvrey. *London*, 1831, in-12.—The Beggar's daughter of Bednall green as edited by Percy. *London*, 1832, in-12, 2 part. en 1 vol. mar. tr. dor.

Ces deux ouvrages sont très-bien illustrés. Le second poëme est tiré sur chine et les figures sont de premières épreuves.

430. The Tourist in Spain. Granada, by Thomas Roscoe, illustrated from drawings by David Roberts. *London, Rob. Jennings*, 1835-1838, 4 vol. pet. in-8, mar. v. tr. dor.

431. The Comic latin Grammar, a new and facetious introduction to the latin tongue. *London*, *Charles Tilt*, 1840, in-12, fig. cart.

432. The Oriental Annual. Lives of the Moghul emperors, by the Rev. Hobart Caunter. *London*, *Ch. Tilt*, 1837, in-8, fig. mar. olive, tr. dor.

433. THE COMIC ALMANACH. *London*, 1835-1846, 12 années en 4 vol. pet. in-8, demi-rel. n. rog.

Très-rare. Cet almanach amusant est rempli des dessins de CRUIKSHANK.

BELLES-LETTRES.

LINGUISTIQUE. RHÉTORIQUE.

434. Dictionnaire général des lettres, des beaux-arts et des sciences morales et politiques, par MM. Th. Bachelet et Ch. Dezobry. *Paris*, *Dezobry*, 1862, gr. in-8, fig. cart.

435. Boissier (Gaston). Étude sur la vie et les ouvrages de Varron, ouvrage couronné par l'Institut. *Paris*, 1861, in-8, demi-rel. v. fil.

436. La Manière de tourner en langue françoise les verbes actifs, passifs, gérondifs, supins et participes, aussi les verbes impersonnels avec le verbe substantif nommé *sum* et le verbe *habeo*, reveue et corrigée en grande diligence. *Paris*, *Robert Estienne*, 1547, pet. in-8 de 32 p. n. rel. — Les Principes et premiers élémens de la langue latine, par lesquels tous jeunes enfans seront facilement introduicts à la cognoissance d'icelle. *Paris*, *Robert Estienne*, 1546, pet. in-8, de 8 ff. n. rel.

Rares.

437. Raynouard. Grammaire comparée des langues de l'Europe latine, dans leurs rapports avec la langue des troubadours. *Paris*, *Didot*, 1821, in-8, br.

Ce volume forme le tome VI du Choix des poésies originales des troubadours ; il est très-rare.

438. Glossaire de la langue romane, par J.-B.-B. Roquefort. *Paris*, *Warée*, 1808, 2 vol. in-8, fig. v. porph. dent.

439. Le Dictionnaire de l'Académie françoise. *Paris, veuve de J.-B. Coignard*, 1694, 2 vol. in-fol. fig. v. marbr. fil.

Édition originale. Rare et curieuse.

440. Dictionnaire de l'Académie française, 6e édition. *Paris, F. Didot*, 1835, 2 vol. in-4, v. viol.

441. Grammaire des Grammaires, ou Analyse raisonnée des meilleurs traités sur la langue française, par Girault-Duvivier. *Paris, Janet et Cotelle*, 1827, 2 vol. in-8, demi-rel. veau, f.

442. Observations sur l'orthographe française, suivies d'un exposé historique des opinions et systèmes sur ce sujet depuis 1527 jusqu'à nos jours, par A.-F. Didot. *Paris, F. Didot*, 1867, gr. in-8, cart. n. rog.

443. Dictionnaire des synonymes de la langue française, par M. Lafaye. *Paris, L. Hachette*, 1858, gr. in-8, cart.

444. Supplément du Dictionnaire des synonymes de la langue française, par Lafaye. *Paris, Hachette*, 1865, gr. in-8, demi-rel. mar.

445. Ménage. Observations sur la langue-françoise, segonde (*sic*) édition. *Paris, Claude Barbin*, 1675, 2 vol. in-12, veau, br.

446. Charpentier. De l'Excellence de la langue françoise. *Paris, Barbin*, 1683, 2 vol. in-12, v. br.

447. Ménage. Dictionnaire étymologique, origines de la langue françoise, avec les Origines françoises, par M. de Caseneuve, etc., nouvelle édition. *Paris, J. Anisson*, 1694, in-fol. vél.

448. Examen critique de la versification française classique et romantique, par A. Ducoudut. *Paris, Dupré de la Mahérie*, 1863. — Grammaire latine, par L. Veillard. *Genève*, 1840. — Nouvelle Méthode pratique et facile pour apprendre la langue allemande, par F. Ahn. *Leipzig*, 1858, 3 vol. in-12, demi-rel. mar.

449. Larchey (Lorédan). Les Excentricités du langage. *Paris, Dentu*, 1862, in-8, demi-rel. v. f. — Rozan (Ch.). Petites Ignorances de la conversation. *Paris, Hetzel, s. d.*, in-12, demi-mar. r.

450. Nouveau Dictionnaire français-anglais et anglais-français abrégé de Boyer; nouvelle édition, augmentée, par G. Hamonière. *Paris, Ch. Hingray*, 1839, in-8, br.

451. Royal Dictionary english and french, by Fleming and Tibbins. *Paris, Didot*, 1857, in-4 à 2 col. cart. n. rog.

452. Maurel et Martinez-Lopez. Dictionnaire espagnol-français et français-espagnol. *Paris*, *Ch. Hingray*, 1840, 2 part. en 1 vol. in-8 à 3 col. demi-rel. v. fil.

453. Analisi critica dei verbi italiani dal prof. Vincenzio Mannucci. *Firenze*, 1843, in-8, demi-rel. v. v.

454. Havet (Ern.). Étude sur la Rhétorique d'Aristote. *Paris*, *Delalain*, 1846, in-8, demi-rel. chagr. v. à n. fil. fers à fr. (*Galette*.)

Dans le même volume : Traduction de la rhétorique, par Bonafoux, 1856, texte en regard.

455. Hegel. La Poétique, avec préface et examen critique, par Ch. Bénard. *Paris*, 1855, 2 vol. in-8, br.

456. Œuvres complètes de Démosthène et d'Eschine, traduites en français par M. l'abbé Auger. *Paris*, *Lacombe*, 1778, 4 tom. en 5 vol. in-8, v. marbr.

457. Œuvres politiques de Démosthène, traduites par P.-A. Plougoulm. *Paris*, *Hachette*, 1863, 2 vol. in-8, demi-rel. v. ant.

POÈTES.

458. Œuvres d'Hésiode, trad. nouvelle, par M. L. Coupé. *Paris*, *impr. de Honnert*, 1796, in-18, demi-rel. bas.

459. Homère. L'Iliade et l'Odyssée, trad. par Mme Dacier. *Paris*, *Lefèvre*, 1841, 2 vol. in-12, demi-rel. mar. bl.

460. Anacreontis odæ, gr. *Parmæ*, 1791, pet. in-8, demi-rel. mar. n. rog.

Édition imprimée en lettres capitales.

461. Les Poésies d'Anacréon et de Sapho, traduites en françois avec des remarques, par Mme Dacier. *Amsterdam*, *veuve de Paul Marret*, 1716, in-8, fig. v. f.

462. Anacréon français-grec en vers imitatifs, par Paul-Pierre Rable. *Paris*, *J. Claye*, 1855, in-8, demi-rel. veau, gr.

463. Essai sur le génie de Pindare et sur la poésie lyrique, par M. Villemain. *Paris*, *F. Didot*, 1859, in-8, d.-rel. mar. bleu, tête dor. n. rog.

464. Fables d'Ésope, mises en français, avec le sens moral en quatre vers. *Paris*, *Leprieur*, 1806, 2 vol. in-12, fig. v. marbr. dent. tr. dor.

465. Idylles de Théocrite et Odes anacréontiques, trad. par Leconte de Lisle. *Paris*, *Poulet-Malassis*, 1861. — Les

Bucoliques de Virgile, trad. par A. Lefèvre. *Paris, Hetzel, s. d.* — Les Poésies de Sapho de Lesbos, par Saint-Remy. *Paris, Hachette*, 1852. — La Divine Comédie de Dante Alighieri, trad. par de Montor. *Paris, F. Didot*, 1849. — Ossian, poëmes gaëliques, recueillis par J. Mac-Pherson. *Paris, Lavigne*, 1844, 5 vol. in-12, demi-rel. mar.

466. Les Petits Poëmes grecs, publiés par M. Ernest Falconnet, sous la direction de M. Aimé-Martin. *Paris, A. Desrez*, 1838, gr. in-8, demi-rel. mar. v.

467. Collections from the greek Anthology by the late Rev. Robert Bland, and others, by J. H. Merivale. *London, Longman*, 1833, in-8, demi-rel. v. f.

468. Choix des meilleures Poésies anciennes et modernes. *Paris, Belin*, 1785, 2 tom. en 1 vol. in-12, bas.

469. Œuvres d'Horace, trad. nouvelle, avec le texte en regard, précédées et suivies d'études biographiques et littéraires, par M. Patin. *Paris, Charpentier*, 1860, 2 vol. in-12, demi-rel. dos et coins de maroq. citr. tr. sup. dor. non rog.

470. Quintus Horatius Flaccus, recensuit et emendavit F. G. Pottier. *Parisiis, apud Malepeyre*, 1823, gr. in-8, pap. vél. mar. viol. compart. à mosaïque, tr. dor. (*Simier.*)

Reliure très-riche.

471. Œuvres complètes d'Horace, traduites en vers, par P. Daru. *Paris, Janet et Cotelle*, 1823, 2 vol. in-8, mar. r. compart. tr. dor. (*Thouvenin.*)

472. Odes et Epodes d'Horace. *Paris, Hachette*, 1859. — Œuvres complètes de Pétrone. *Paris, Garnier*, 1861. — Œuvres complètes de Salluste, trad. par Ch. Durozoir. *Paris, Garnier*, 1857, 3 vol. in-12, demi-rel. maroquin et veau.

473. Œuvres d'Horace, trad. nouvelle, par Leconte de Lisle, avec le texte latin. *Paris, A. Lemerre*, 1873, 2 vol. in-18, front. à l'eau-forte, br. (Avec le carton.)

474. Horace. Odes gaillardes, trad. de M. Arm. Barthet. *Paris, Dentu*, 1862. (*Portr. sur chine ajouté.*) — Odes d'Horace, trad. avec le texte en regard, par M. Latrouette. *Caen*, 1861. Ens. 2 vol. in-12, demi-mar. r. tr. dor. et demi-veau r.

475. Delille. Les Géorgiques de Virgile, trad. nouv. en vers françois, 3e édit. *Paris, Blenet*, 1770, gr. in-8, papier de Hollande, fig. de Casanova, Eisen, grav. par de Longueil, v. rac. fil. tr. dor.

476. Étude sur Virgile, suivie d'une étude sur Quintus de Smyrne, par C.-A. Sainte-Beuve. *Paris*, *Garnier*, 1857, in-12, demi-rel. v. f.

477. Élégies de Tibulle, par Mirabeau. *Paris*, *an VI* (1798), 3 vol. in-8, fig. cart. n. rog.

478. Œuvres choisies d'Ovide. *Paris*, *Garnier*, 1858. — Poésies de Pétrarque, trad. du comte de Gramont. *Paris*, *P. Masgana*, 1842. — Œuvres de Dante Alighieri. *Paris*, *Charpentier*, 1845. — Aminta, favola boschereccia di Torquato Tasso. *Parigi*, 1813, 4 vol. in-12 et in-18, demi-rel. mar. et mar. br. tr. dor.

479. Titi Lucretii Cari de rerum natura libri sex. *Lutetiæ Parisiorum, sumpt. Ant. Coustelier*, 1744. — Titus Lucretius Carus, accurante Steph. Ant. Philippe, accessit glossarium ad calcem. *Lutetiæ Parisiorum, Ant. Coustelier*, 1748, in-12, fig. de Van Mieris, v. éc. fil. tr. dor.

Jolie édition.

480. Di Tito Lucrezio Caro della Natura delle cose libri sei tradotti dal latino in italiani da Alessandro Marchetti. *In Amsterdamo*, 1754, 2 vol. in-8, pap. de Holl. fig. de Cochin, Eisen, etc., v. f. fil. tr. dor.

481. Martha (E.). Le Poëme de Lucrèce, morale, religion, science. *Paris*, 1869, in-8, br.

482. Les Épigrammes de Martial en latin et en français, avec des notes (par Michel de Marolles). *Paris*, *Guil. de Luyne*, 2 vol. in-8, v. gr.

483. Épigrammes de M. Val. Martial, trad. par E.-T. Simon. *Paris*, *Gintel*, 1819, 3 vol. in-8, demi-rel. mar. v.

484. Les Épigrammes de Martial, traduites en français par Constant Dubos. *Paris*, *J. Chapelle*, 1841, in-8, demi-rel. veau, f.

485. Satires de Juvénal, traduites par J. Dusaulx. *Paris*, *Panckoucke*, 1825, 2 volumes in-8, demi-rel. veau, ant. non rog.

486. La Pharsale de Lucain, ou les Guerres civiles de César et de Pompée, en vers françois, par M. de Brébeuf. *Imprimé à Rouen et se vend à Paris*, *chez Ant. de Sommaville*, 1659, in-12, fig. v. gr.

487. Brébeuf (de). La Pharsale de Lucain en vers françois. *Paris*, *A. Sommaville*, 1663, 1 vol. en 2 t. in-12, v. fig. (*Rel. anc.*)

488. Œuvres complètes d'Ausone, traduction nouvelle par E.-F. Corpet. *Paris*, *Panckoucke*, 1842, 2 vol. in-8, d.-rel. v. f. non rog.

489. Theodotus (quatrains latins sur l'histoire universelle à l'usage des enfants). Pet. in-8, goth. de 8 ff. n. rel.

Pièce rare du XVIe siècle avec la marque de Denis Roce sur le titre. Petit livre d'éducation qui a complétement disparu.

490. Opus Merlini Cocaii poetæ Mantuani Macaronicorum. *Venetiis, apud Horatium de Gobbis*, 1581, in-12, fig. demi-rel. mar. v.

491. HYMNI SACRI et novi autore Santolio Victorino. *Parisiis*, *apud Dionysium Thierry*, 1689, in-12, régl. mar. r. fil. tr. dor.

Avec l'envoi et des corrections de la main de Santeuil, et une lettre autographe de l'abbé de la Trappe à l'auteur.

492. Pithecologia, sive de simiarum natura carminum libri duo, in gratiam Reipublicæ literariæ. *Amstelædami, ex typographia Guardi Thielenburg*, 1774, in-8, figures, demi-rel. bas.

493. Traduction de la Pædotrophie de Scévole de Sainte-Marthe, ou poëme sur l'éducation des enfants en bas âge (traduction nouvelle, par Ysabeau de Breconvilliers). *Paris*, *Barrois aîné*, 1777, in-12, demi-rel. v. f.

494. De Amoribus Pancharitis et Zoroæ, poema erotico-didacticon seu umbratica lucubratio de cultu Veneris (par P.-H. Petit-Radel). *Parisiis*, *F. Didot*, *an IX*, in-8, portr. et carte, demi-rel. cuir de Russie.

495. Hilarii versus et ludi. *Lutetiæ Parisiorum*, *apud Techener*, 1838, pet. in-8, demi-rel. v. f.

496. De Nepote rapto et recepto avitum carmen. L'Enfant perdu et retrouvé, poëme latin, par son grand-père (M. Cauchy). *Paris*, *impr. de Claye*, 1865, gr. in-8, br.

Tiré à petit nombre. Avec envoi autographe de l'auteur.

---

497. Recueil de chants historiques français depuis le XIIe jusqu'au XVIIIe siècle, avec des notices et une introduction par Le Roux de Lincy. *Paris*, *Ch. Gosselin*, 1841, in-12, demi-rel. v. viol.

498. Fabliaux et contes des poëtes françois des XIIe, XIIIe, XIVe et XVe siècles. *Paris*, *Vincent*, 1756, 3 vol. pet. in-12, v. marbr.

499. Fabliaux ou Contes du XIIe et du XIIIe siècle. — Contes dévots, fables et romans anciens, par Legrand d'Aussy. *Paris*, *Onfroy*, 1779-81, 4 vol. in-8, bas.

500. Poëtes français, ou Choix de poésies des auteurs du second et du troisième ordre, des XVe, XVIe, XVIIe et XVIIIe s., par J.-B.-J. Champagnac. *Paris*, *Ménard et Desenne*, 1825, 6 t. en 3 vol. in-12, demi-rel. mar. r.

501. Monuments de la littérature romane (Fleurs du gai savoir), publ. par Gatien Arnoult. *Toulouse*, 1841, 3 vol. gr. in-8, br.

502. Chanson (la) de Roland, poëme de Theroulde, texte critique accompagné d'une traduction et notes, par F. Génin. *Paris*, *Impr. nationale*, 1850, gr. in-8, dem.-rel. maroq. gauffr. à fers à fr. (*Rare.*)

503. Les Poésies du duc Charles d'Orléans, publiées sur le manuscrit de la bibliothèque de Grenoble, par Champollion-Figeac. *Paris*, 1842, in-12, demi-rel. v. f.

504. Vers sur la Mort, par Thibaud de Marly, publiés d'après un manuscrit de la Bibliothèque du Roi. *Paris*, *impr. de Crapelet*, 1835, g. in-8, pap. vél. v. r. dent.

505. Le Temple d'honneur, par Froissart. *Paris*, *Silvestre*, 1845, in-16, goth. vig. br.

Exemplaire sur papier de chine.

506. L'Ordene de Chevalerie, avec une dissertation sur l'origine de la langue française, un essai sur les étymologies, quelques contes anciens, et un glossaire pour en faciliter l'intelligence. (*A Lausanne et se trouve à Paris*), 1739, pet. in-8, demi-rel. v. f. n. rog.

507. Cent cinq Rondeaulx d'amour, publiés d'après un manuscrit du commencement du XVIe siècle, par Edwin Tross. *Paris*, *Tross*, 1863, in-12, demi-rel. mar. br.

508. Sainte-Beuve. Tableau de la Poésie française et du théâtre au XVIe siècle. *Paris*, *Charpentier*, 1843, in-12, v. rose à nerfs, fil.

509. Recueil des plus belles pièces des poëtes français, depuis Villon jusqu'à Benserade. *A Paris*, *par la compagnie des libraires*, 1752, 6 tomes en 3 vol. in-12, demi-rel. mar. r.

510. Œuvres complètes de François Villon, édition de P. L. Jacob (Paul Lacroix). *Paris*, *Jannet*, 1854, in-12, cart. non rog. (*Rare.*)

511. Villon (F.). Œuvres, avec les remarques de diverses personnes. *La Haye*, *Moetjens*, 1742, pet. in-8, v. m.

512. Villon (F.). Œuvres complètes, édition préparée par La Monnoye, avec notes, publiée par L. Jannet. *Paris, Picard*, 1867, in-16, perc. bl. n. rog.

513. Les Œuvres de Jean Marot. *Paris, Coustelier*, 1723, pet. in-18, v. gr.

514. La Légende de maistre Pierre Faifeu, mise en vers par Charles Bourdigné. *Paris, Coustelier*, 1723, petit in-8, veau, gr.

515. Les Poésies de Martial de Paris, dit d'Auvergne. *Paris, Coustelier*, 1724, 2 vol. pet. in-8, v. gr.

516. Les Femmes poëtes au XVIe siècle, par M. Léon Feugère. *Paris, Didier*, 1860, in-8, demi-rel. v. gris.

517. OEuvres de Mathurin Regnier, avec les commentaires, revus, corrigés et augmentés par M. Viollet-le-Duc. *Paris, Th. Desoer*, 1823, in-8, br.

518. Regnier (Mathurin). Œuvres, avec les commentaires, précédés de l'Histoire de la satire en France, par M. Viollet-le-Duc. *Paris, Desoer*, 1823, gr. in-8, texte à 2 col., cart. n. rog.

Rare.

519. Œuvres complètes de P. de Ronsard, édition publiée sur les textes les plus anciens avec les variantes et des notes, par M. Prosper Blanchemain, *Paris, P. Jannet*, 1857-58, 3 vol. in-12, cart. n. rog.

520. Ronsard considéré comme imitateur d'Homère et de Pindare, par Gandar. *Metz*, 1854, gr. in-8, br.

Avec hommage à M. de Sainte-Beuve, et une longue note de Sainte-Beuve sur la garde du volume.

521. Les Marguerites françoises, ou Fleurs de bien dire, contenant plusieurs belles et rares sentences morales, recueillies par Fr. Desrues. *Rouen, J.-B. Behourt, s. d.*, in-12, veau, fil.

522. Poésies complètes de Malherbe, avec préface, notes et glossaire, par M. P. Jannet. *Paris, E. Picart*, 1867, in-18, cart. n. rog.

523. Malherbe. Œuvres, publiées par M. Regnier. *Paris, Hachette*, 1869, in-8, br.

Tome V, contenant le lexique de la langue de Malherbe.

524. Antoine de Montchrétien, poëte et économiste normand, par M. A. Joly. *Caen, E. Le Gost-Clérisse*, 1865, in-8, pap. de Hollande, cart. n. rog.

525. La Muze historique, ou Recueil de lettres en vers contenant les nouvelles du temps, par J. Loret, nouvelle édit., par MM. J. Ravenel et Ed.-V. de la Pelouze. *Paris, P. Jannet*, 1857, gr. in-8, demi-rel. mar. r. n. rog.

Tome Ier, seul publié.

526. Œuvres de M. Boileau-Despréaux, nouvelle édition avec des éclaircissements, par M. Brossette, augmentée par M. de Saint-Marc. *Paris, David*, 1747, 5 vol. in-8, portr. et fig. v. marb.

527. Boileau. Œuvres, avec un nouveau commentaire, par M. Amar. *Paris, Lefèvre*, 1822, 4 vol. in-8, demi-rel.

528. Le Lutrin, poëme héroï-comique de Boileau-Despréaux, édition conforme au texte original. *Lyon, N. Scheuring*, 1862, in-4, eaux-fortes par Ern. et Fréd. Hillemacher, cart. n. rog.

529. Les Œuvres posthumes de M. de la Fontaine. *Lyon, Thomas Amaulry*, 1696, in-12, v. gr.

530. Fables de la Fontaine, avec figures gravées par MM. Simon et Coing. *Paris, impr. de Didot l'aîné*, 1787, 6 vol. in-18, v. r. dent. tr. dor.

531. La Fontaine. Nouvelles Œuvres diverses et poésies de F. de Maucroix avec notes de E. Walckenaer. *Paris, Nepveu*, 1826, in-8, cart. Brad. et n. rog. (Vue de la maison de la Fontaine.)

532. Les Œuvres postumes de la Fontaine. *Paris, Guillaume de Luyne*, 1696, in-12, v. gr.

533. Vers du ballet royal dansé par Leurs Majestés entre les actes de l'Hercule amoureux. — Ercole amante, tragedia, Hercule amoureux, tragédie. *Paris, Robert Ballard*, 1662, in-4, vél.

534. Poésies d'Anne de Rohan-Soubise, et Lettres d'Éléonore de Rohan-Montbazon, abbesse de Caen. *Paris, Aubry*, in-12, demi-rel. mar. r.

535. Sarasin. Œuvres. *Paris, Thomas Jony*, 1663, in-12, veau.

536. Sarasin. Poésies, orn. de son port. *Caen, Trébutien*, 1824, in-8, pap. vél. br.

537. Bertaut. Œuvres poétiques, dern. édit. *Paris, au Palais*, 1633, in-8, parch.

538. Essay de Pseaumes et Cantiques mis en vers et enrichis de figures, par Mlle *** (Le Hay). *Paris, M. Brunel*, 1694, in-8, fig. v. gr.

539. Œuvres choisies de Mme et de Mlle Deshoulières. *Londres* (*Cazin*), 1780, in-32, portrait, veau, marbr. fil. tr. dor.

540. La Monnoye (de). Poésies, avec son éloge, publiées par M. de S. (Sallengre). *La Haye*, 1716, pet. in-8, vél.

541. Noei borguignon de Gui Barôzai. *Dioni, Abran Lyron de Modene*, 1720, in-8, v. gr.

542. Les Noëls bourguignons de Bernard de la Monnoye. *Paris*, *Lavigne*, 1842. — Poésies de Emile Deschamps. *Paris*, *Delloye*, 1841, 2 vol. in-12, fig. demi-rel. mar.

543. Rousseau (J.-B.). Œuvres. Nouvelle éd., avec comm. historique et littéraire. *Paris*, *Lefèvre*, 1820, 5 vol. in-8, cart. n. rog. portrait.

544. Chanson d'un Inconnu, nouvellement découverte et mise au jour avec des remarques critiques, etc., par le docteur Chrysostome Matanasius, sur l'air des Pendus, ou Histoire véritable et remarquable arrivée à l'endroit d'un R. P. de la compagnie de Jésus (le P. Couvrigny) (par Nic. Jouin). *Turin* (*Rouen*), *Alitophile*, 1737, in-12, v. marbr.

545. Œuvres choisies de Senecé, et Œuvres posthumes de Senecé, publiées par M. Em. Chasles et P.-A. Cap. *P. Jannet*, 1855, 2 vol. in-12, cart. n. rog.

546. Fables nouvelles, par M. Dorat. *La Haye et Paris*, *Delalain*, 1773, in-8, fig. de Marillier, v. marbr. fil. tr. dor. (tom. Ier).

547. Voltaire. La Henriade, avec commentaire classique, par Fontanier. *Paris*, *Bossange*, 1823, fig. d'après Gérard, représentant l'entrée d'Henri IV à Paris. — Philosophie de la Henriade, par Tabaraud. *Paris*, *Gauthier*, 1824, 2 tom. en 1 vol. in-8, demi-rel. v. fil. (*Galette*.)

548. Voltaire. Le Temple du Goust. *A l'enseigne de la Vérité. S. l.*, *chez Hiérosme Print*, 1733, in-8, vél.

Première édition.

549. La Pucelle, poëme en 21 chants, avec les notes par Voltaire. *Paris*, *imprimerie de P. Didot*, 1814, in-18, veau, bl. fil.

550. Ménage et Finances de Voltaire, avec une introduction sur les mœurs des cours et des salons au XVIIIe siècle, par L. Nicolardot. *Paris*, *E. Dentu*, 1854, in-8, demi-rel. veau, f.

551. La Peinture, poëme en trois chants, par M. Le Mierre. *Paris*, *Le Jay*, *s. d.*, in-4, fig. de Cochin, demi-rel. v. r.

552. Bertin. Œuvres complètes, avec notes et variantes (par Boissonade). *Paris*, 1824, in-8, demi-rel. v. gauf. fig. de Desenne.

553. Chaulieu. Œuvres, d'après les mss. *Paris*, *E. Bleuet*, 1774, 2 vol. in-8, bas. m. fil. bon portrait d'après de Troy.

554. Œuvres de Chaulieu. *La Haye et Paris*, *Cl. Bleuet*, 1774, 2 vol. in-8, portr. v. marbr. fil.

555. Les Saisons, poëme (par de Saint-Lambert). *Amsterdam*, 1773, in-8, fig. v. porph.

Exemplaire de M. de Villette.

556. Œuvres diverses de M. de Grécourt. *Amsterdam*, *Arkstée et Merkus*, 1788, 4 tom. en 1 vol. in-12, v. viol. plats gauf. (*Portr. et figures.*)

557. Œuvres de Gresset. *Paris*, *E. Houdaille*, 1839, in-8, fig. cart.

558. Gresset. Vie de M. Gresset par D.(Daire), anc. biblioth. des Célestins. *Paris*, *Berton*, 1779, pet. in-12, v. m.

559. Gresset. Le Parrain magnifique. Poëme en 10 chants, œuvre posthume. *Paris*, *Renouard*, 1810, in-8, br. papier vergé.

560. Élite de poésies fugitives. *Londres* (*Paris*), 1769, 5 vol. in-12, v. marbr.

561. Recueil de Poésies fugitives et Contes nouveaux. *Londres* (*Cazin*), 1784, in-32, v. marbr. fil. tr. dor.

562. Recueil de poésies fugitives et Contes nouveaux. *Londres* (*Cazin*), 1781, 2 parties en 1 vol. in-32, veau, marbr. fil. tr. dor.

563. Choix de Fabliaux mis en vers (par Imbert). *Paris*, *Prault*, 1788, 2 vol. in-18, v. f. dent.

564. Poésies de M. Bérenger. *Londres*, 1785, 2 t. en 1 vol. — Odes anacréontiques, contes en vers et autres pièces de poésies, suivies de Côme de Médicis, par M. Méro. *Londres*, 1781. Ens. 2 vol. pet. in-12, demi-rel. v. f.

565. Fables de Florian. *Paris*, *Passard*, 1853. — Trésor des chansons joyeuses et populaires. *Paris*, *Bernardin Béchet*, 1861. — Un Million de rimes gauloises, par Alfred de Bougy. *Paris*, *A. Delahays*, 3 vol. in-32, mar. r. et demi-rel. mar. r.

566. Delille (J.). Œuvres, avec les notes de MM. Parseval-Grandmaison, de Féletz, Aimé-Martin, etc. *Paris*, *Lefèvre*, 1833, gr. in-8 à 2 col. veau, fil. dentelle, tr. dor. (*Portrait.*)

567. La Gastronomie, poëme, par J. Berchoux. *Paris, Michaud,* 1805. — Choix de Poésies religieuses, par Ant. de Latour. *Paris, L. Curmer,* 1843. — Voyage de Chapelle et Bachaumont. *Paris, Caille,* 1810. — La Perle, ou les Femmes littéraires, par P. L. Jacob. *Paris, L. Janet, s. d.* — Au Printemps de la vie, par Louis Ratisbonne. *Paris, M. Lévy,* 1857. — Ginèvre, tradition florentine, suivie de légendes et poëmes, par Jules Canonge. *Paris,* 1856. — Erreurs des critiques de Béranger, par Paul Boiteau. *Paris,* 1858. — Lina, histoire vraie, par Jules Cardoze. *Paris,* 1860. — Filles d'Ève, par Ch. Valette. *Paris, Pinaud,* 1863, 9 vol. in-18, demi-rel. mar. et v.

568. Poésies de L.-J.-B.-E. Vigée. *Paris, Delaunay,* 1813, in-18, v. f. dent. tr. dor.

569. Poésies diverses, par Edmond Géraud, seconde édition. *Paris, Ch. Gosselin,* 1822, in-18, pap. vél. veau f. fil. tr. dor.

570. Élégies et Poésies diverses de Mme Victoire Babois. *Nepveu,* 1828, 2 vol. in-18, fig. v. bl. fil. tr. dor.

571. Napoléon en Égypte, poëme en 8 chants, par Barthélemy et Méry. *Paris, A. Dupont,* 1828, in-8, demi-rel. dos et coins de mar. viol. n. rog.

572. Œuvres choisies de Lebrun, précédées d'une notice sur sa vie et ses ouvrages, par M. D***. *Paris, Janet et Cotelle,* 1829, gr. in-8, gr. pap. vél. portrait, demi-rel. veau r. non rog.

573. Poëmes, par M. le comte Alfred de Vigny. *Paris, Ch. Gosselin,* 1829, in-8, demi-rel. mar. viol. tr. dor.

574. Les Feuilles d'automne, par Victor Hugo, 2e édition. *Paris, Eug. Renduel,* 1832, in-8, demi-rel. v. gris.

575. Les Chansons des rues et des bois. *Paris, A. Lacroix,* 1866, in-8, demi-rel. mar. r. n. rog.

576. Victor Hugo raconté par un témoin de sa vie. *Paris, A. Lacroix,* 1863, 2 vol. in-8, demi-rel. mar. r. tête dor. n. rog.

577. Lamartine (de). Premières et nouvelles Méditations, Harmonies. *Paris,* 1832, 4 t. en 2 vol. gr. in-8, demi-rel. v. r. à encadr. fig.

578. Œuvres de M. de Lamartine. *Paris, Ch. Gosselin et Hachette,* 1845-1872, 11 vol. in-12, demi-rel. v. f.

579. Lamartine (1790-1869), par J. Janin. *Paris, Jouaust,* 1869, in-12, demi-rel. mar. noir. (*Portrait à l'eau-forte de Martial.*)

580. L'Ame exilée, légende, par Anna Marie. — L'Oasis, par Georges d'Alcy. — Chants de l'exil, par Louis Delatre. — Griseldis, poëme, par F. Halm. *Paris, L. Curmer*, 1838-43, 4 vol. in-12, demi-rel. mar.

581. Brizeux (A.). Marie. *Paris, P. Masgana*, 1840, in-12, mar. la Vall. à compart. tr. dor.

Gravures sur acier ajoutées.

582. Banville (Théodore de). Les Cariatides. *Paris, Pilout*, 1842, in-12, demi-rel. mar. r. (Envoi autogr. de l'auteur à M. Curmer.)

583. Les Derniers Jours de l'empire, poëme en quatre chants; l'Ile d'Elbe, le Retour, Waterloo, Sainte-Hélène, suivi de notes historiques et de poésies diverses, souvenirs de 1816 à 1830, par Charles de Massas. *Paris, Furne*, 1843, in-8, portr. br.

584. Jeanne d'Arc, poëme en douze chants, par Alex. Guillemin, illustrations de M. Pauquet. *Paris, L. Curmer*, 1844, gr. in-8, fig. demi-rel. mar. r.

585. Colet (Louise). Poésies complètes. *Paris, Gosselin*, 1844. — Ce qu'on rêve en aimant, poésies nouvelles. *Paris, Libr. nouvelle*, 1854. — Naples sous Garibaldi, souvenirs de la guerre de l'indépendance. *Paris, Dentu*, 1861, 3 vol. in-12, demi-rel. mar. et v.

586. Odes funambulesques, par Th. de Banville. — Boutades en vers, par E. Arnal. — Epîtres, Contes et pastorales, par Ch. Raynaud. — Poésies intimes, Mélodies, par Méry. — Les Nuits d'hiver, poésies, par H. Murger. *Paris, M. Lévy*, 1853-1861, 5 vol. in-12, demi-rel. mar. et v.

587. Psyché, poëme. Odes et poëmes, par Victor de Laprade. *Paris, Lévy*, 1857. — Les Voix amies, par F. et J. Fertiault. *Paris, Didier*, 1864. — Rêves de Jeunesse, poésies, par Mlle Jenny Sabatier. *Paris, Dentu*, 1863. — La Vie à ciel ouvert, par Marc Pessonneaux. *Paris, Dentu*, 1858. — Journal d'un poëte, par Alfred de Vigny. *Paris, Lévy*, 1867, 5 vol. in-12, demi-rel. mar. et v.

588. Fables de P. Lachambaudie, précédées d'une introduction par Pierre Leroux. *Paris, V. Lecou*, 1855, in-8, fig. cart. tr. dor.

589. Physiologie descriptive des Trente beautés de la femme, par A. Debay. *Paris, Havard*, 1858, La Lyre intime, poëmes, par A. Lefevre. *Paris, Hetzel, s. d.* — La Flûte de Pan, par le même. *Paris, Hetzel, s. d.*, 3 vol. in-12, demi-rel. mar. br.

590. Poésies complètes de Leconte de Lisle. *Paris, Poulet-Malassis*, 1858, in-12, br. (*Front. eau-forte de L. Duveau.*)

591. Les Amoureuses, poésies, par Alph. Daudet. *Paris, Tardieu,* 1858, pet. in-12, maroq. rouge, dent. int. fil. tr. dor.

592. Poésies de Prosper Blanchemain. *Paris, P. Masgana,* 1858, in-12, demi-rel. mar. viol.

593. Sonnets humouristiques, par Joséphin Soulary, précédés d'une préface en vers, par J. Janin. *Lyon, N. Scheuring*, 1859, petit in-8, papier teinté, portrait, demi-rel. veau f.

594. Ombres et Vieux Murs, par Aug. Vitu. *Paris, Poulet-Malassis*, 1859, in-12, br. (*Papier de Hollande.*)

595. Premières Poésies, 1856-1858, par Aug. Villiers de l'Isle-Adam. *Lyon, N. Scheuring*, 1859, in-8, pap. teinté, demi-rel. mar. v. n. rog.

596. Les Visions d'Isaïe, fils d'Amos, traduites en vers français par l'abbé C. Chabert. *Lyon, N. Scheuring*, 1860, in-8, pap. teinté, demi-rel. mar. br. n. rog.

597. Poésies inédites de Mme Desbordes-Valmore, publiées par M. Gustave Revilliod. *Genève, impr. de Fick*, 1860, in-8, demi-rel. mar. bl. tr. dor.

598. Les Olympiades, album de l'Union des poëtes. IIIe et IVe olympiades. *Paris, Robert-Victor,* 1860-62, 2 vol. in-8, portr. br.

599. Roses de Noël, par Édouard d'Anglemont. *Paris, E. Dentu*, 1860, in-8, demi-rel. mar. v. n. rog.

600. Les Roses de Noël, dernières fleurs, par de Saint-Germain. *Paris, J. Tardieu*, 1860. — L'Œillet, son histoire et sa culture, par Dupuis. *Paris, Ch. Albessard,* 1862. — Œuvres de Gilbert. *Paris, Ménard et Desenne,* 1817. — Drôleries poétiques. *Paris, s. d.*, 4 vol. in-18, demi-rel. mar. et v.

601. Les Échos, fantaisies et souvenirs, par Hector Fleury. *Paris, Libr. nouvelle* (*Lyon, impr. de L. Perrin*), 1861, in-8, demi-rel. v. f.

602. A travers le Siècle, poésies, par Henri Bellot. *Paris, Amable Rigaud*, 1862, in-8, demi-rel. mar. viol.

603. Folles et Sages, poésies, par Ch. Fretin. *Paris, Poulet-Malassis*, 1862. — Les Philippiques de la Grange-Chancel. *Paris, Poulet-Malassis*, 1858. — Les Iambes d'aujourd'hui, par Hipp. Philibert. *Paris, Poulet-Malassis*, 1862. — Iam-

bes et Poëmes, par Aug. Barbier. *Paris, P. Masgana*, 1845, 4 vol. in-12, demi-rel. mar. et v. f.

604. Les Œuvres poétiques en patois percheron de Pierre Genty. *Paris, A. Aubry*, 1863. — Chant et Poésie, par Aug. de Châtillon. *Paris, Dentu*, 1855. — Poésies lyriques. *Paris, Martinon, s. d.* — Femmes-poëtes de la France, anthologie, par H. Blanvalet. *Genève*, 1856. — L'Homme des champs, ou les Géorgiques, par J. Delille. *Strasbourg*, 1800, 5 vol. in-18, demi-rel. mar. et v.

605. Hégésippe Moreau, sa vie et ses œuvres, documents inédits, par Armand Lebailly. *Paris, Bachelin-Deflorenne*, 1863. — Hégésippe Moreau. Œuvres inédites, avec introduction et notes, par Armand Lebailly. *Paris, Bachelin-Deflorenne*, 1863, 2 ouvr. en 1 vol. pet. in-12, demi-rel. v. f. (*Deux portr. à l'eau-forte, par G. Staal.*)

606. André Lemoyne. Chemin perdu. La Fée des Pleurs. Renoncement. L'Hôtelier de Saint-Hubert. *S. l. Didot*, 1863, in-12, demi-rel. v. f.

607. La Chanson de Roland, poëme de Theroulde, trad. par de Saint-Albin. *Paris, Lacroix*, 1865. — Le Myosotis, par Hégésippe Moreau. *Paris, P. Masgana*, 1851. — Les Poëtes de l'amour, par Julien Lemer. *Paris, G. Havard*, 1858. — Eloge des Femmes, par le comte Eugène de Lonlay. *Paris*, 1862, 4 vol. in-12, demi-rel. mar. et v.

608. Les Figures jeunes, poésies, par Louis Ratisbonne. *Paris, J. Hetzel*, 1865, in-8, demi-rel. mar. r. n. rog.

609. Les Cœurs fragiles, poésies, par R.-A. Boitel. *Paris, L. Hachette*, 1866, gr. in-8, demi-rel. mar. r. n. rog.

610. Soirs d'Octobre, par Paul Juillerat. *Paris, Dentu* (*Lyon, impr. de L. Perrin*), 1861. — Le Roitelet, verselets et dédicaces, par Jules de Gères. *Paris, Dentu*, 2 vol. in-12, demi-rel. mar. et v.

---

611. Chansons de Gaultier Garguille, nouvelle édition, suivie des pièces relatives à ce farceur, avec introduction et notes par Ed. Fournier. *Paris, P. Jannet*, 1858, in-12, cart. non rog.

612. Chansons et Saluts d'amour de Guillaume de Ferrières, dit le Vidame de Chartres, précédés d'une notice sur l'auteur, par M. L. Lacour. *Paris, A. Aubry*, 1856, pet. in-8, cart. n. rog.

613. Les Chansons d'autrefois, recueillies et annotées par Ch. Malo. *Paris, J. Laisné*, 1861. — Chansons de G. Nadaud.

Paris, *Fr. Henry*, 1862. — Bouquet de Lieder, choix de ballades, chansons et légendes, trad. par Paul de Lacour. *Paris*, *Berger-Levrault*, 1856, 3 vol. in-12, fig. demi-rel. veau f.

614. Chansons de P.-J. de Béranger, précédées d'une notice sur l'auteur et d'un essai sur ses poésies, par M. P.-F. Tissot. *Paris*, *Perrotin*, 1829. — Chansons nouvelles et dernières de P.-J. de Béranger, dédiées à M. Lucien Bonaparte. *Paris*, *Perrotin*, 1833. Ens. 3 vol. in-12, demi-rel. mar. r. tr. dor.

615. Nouvelle Anthologie, ou Choix de chansons anciennes et modernes. — Supplément à la Nouvelle Anthologie, publié par L. Castel. *Paris*, *Béchet aîné*, 1826-1827, 2 vol. in-16, veau viol. fil. tr. marbr. (*Aux armes de Curmer-Neilson.*)

616. Chansons nationales et populaires de la France, précédées d'une histoire de la Chanson française, et accompagnées de notices historiques et littéraires, par Dumersan. *Paris*, *G. de Gonnet*, 1842, gr. in-16, mar. r. tr. dor. (*Aux armes de Curmer-Neilson.*)

---

617. Dante, con nuove et utili ispositioni. *In Lione, app. G. Rouillio*, 1571, pet. in-12, v. tr. dor. (*Courteval.*)

618. Dante Alighieri. Opere poetiche con note di diversi. *Parigi*, 1836, 2 vol. in-8, demi-rel. v. portr. de Dante.

619. La Commedia di Dante Alighieri. *Firenze*, 1857. — Cent cinquante Sonnets et huit morceaux complémentaires traduits des sonnets de Pétrarque, texte en regard. *Paris*, *F. Didot*, 1847, 2 vol. in-12, demi-rel. v. f.

620. Le Paradis, le Purgatoire et l'Enfer, de Dante Alighieri, traduits en français par A.-F. Artaud. *Paris*, *Didot*, 1828-30, 9 vol. in-16, demi-rel. mar. vert. (*Frontispices.*)

621. La Divine Comédie de Dante Alighieri, traduction nouvelle, par M. Mesnard. L'Enfer. *Paris*, *Amyot*, 1854, in-8, demi-rel. v. f.

622. Il Petrarca, con nuove spositioni. *In Lyone, appresso Gulielmo Rouillio*, 1574, pet. in-12, mar. rouge, tr. dor. (*Burnier.*)

623. Rime di Francesco Petrarca. *Pisa, dalla tipografia della Società letteraria*, 1865, 2 vol. pet. in-fol. portr. demi-rel. v. f. (*Incomplet de deux feuillets dans le tome* 2 (p. 179 à 182.)

624. Orlando furioso, tutto ricorretto, et di nuove figure adornato. *In Venetia, V. Valgrisi,* 1566, in-8, figures, demi-rel.

625. Orlando furioso di Ludovico Ariosto. *Parigi, P. Aillaud,* 1818, 8 tom. reliés en 4 vol. petit in-12, demi-rel. mar. viol.

626. Jérusalem délivrée, poëme (du Tasse), trad. de l'italien. *Paris, Bossange,* 1803, 2 vol. in-8, fig. de Le Barbier, avant la lettre avec les eaux-fortes, mar. r. dent. tr. dor. (*Bozérian.*)

627. Bibliotheca anglo-poetica, or a descriptive catalogue of a rare and riche collection of early english poetry. *London, Th. Davison,* 1815, in-8, portr. demi-rel. mar. r.

628. Chateaubriand. Essai sur la littérature anglaise, 2 vol. — Le Paradis perdu, de Milton, trad. nouv. 2 vol. *Paris, Furne,* 1834, 4 vol. in-8, br.

629. Poëmes et Sonnets de William Shakespeare, trad. en vers par Ern. Lafond. *Paris, Ch. Lahure,* 1856. — La Franciade, poëme, par M. Viennet. *Paris, H. Plon,* 1863. — Ephémères, par Abel Sallé. *La Flèche,* 1858. — Les Oiseaux de passage, poésies, par Mme Anaïs Ségalas. *Paris, L. Janet, s. d.,* 4 vol. in-12, demi-rel. mar. et v.

630. Les Nuits d'Young, suivies des Tombeaux et des Méditations d'Hervey, etc., traduction de Letourneur. *Paris, Et. Ledoux,* 1827, 2 tom. en 1 vol. in-8, fig. demi-rel. veau, br.

631. Hudibras, poëme (de Butler), écrit dans le temps des troubles d'Angleterre, et traduit en vers françois (par Townlay), (publié par l'abbé Tuberville Needham). *Londres* (*Paris*), 1757, 3 vol. in-12, fig. v. gr.

632. Les Saisons, poëme traduit de Thompson (par Mme Bontems). *Paris, Chaubert,* 1759, petit in-8, fig. d'Eisen, v. marbr.

633. Les Saisons, poëme traduit de l'anglais, de Thompson (par Mme Bontems). *Paris, Pissot,* 1779, in-8, titre gravé, veau gr.

Aux armes de M. de Villette.

634. Fables original and selected by the late James Northcote. Second series. *London, John Murray,* 1833, in-8, fig. cart. n. rog.

635. Divine and moral Songs for children, by Isaac Watts, D. D. *London, Sampson Low,* 1866, pet. in-4, fig. cart. tr. dor.

636. Les Lusiades, ou les Portugais, poëme, par Camoens. — Poésies complètes de Robert Burns. — Sonnets et poëmes, par Ed. Arnould. — La Jérusalem délivrée, suivie de l'Aminte, trad. par Aug. Desplaces. *Paris*, *Charpentier*, 1841-61, 4 vol. in-12, demi-rel. mar et v.

637. Romancero général, ou Recueil des chants populaires de l'Espagne, romances historiques, chevaleresques et moresques, trad. complète, par M. Damas-Hinard. *Paris*, *Charpentier*, 1844, 2 tomes en 1 vol. in-12, demi-rel. mar. r.

638. Corona poética; las Musas españolas á la Emperatriz de los Franceses. *S. l.*, 1853, in-4, portrait, demi-rel. mar. v.

639. Les Niebelungen, poëme, traduit de l'allemand par Mme Moreau de la Meltière, publié par Francis Riaux. *Paris*, *Joubert*, 1839, 2 tom. en 1 vol. in-8, demi-rel. dos et soins de mar. r.

THÉATRE.

640. Patin. Études sur les tragiques grecs. Eschyle, 1 vol. Sophocle, 1 vol. Euripide, 2 vol. *Paris*, 4 vol. in-12, demi-rel. v. f.

641. Sophocle, tragédies; Aristophane, comédies, traduites du grec, par M. Artaud. *Paris*, *Lefèvre*, 1841, 2 vol. in-12, demi-rel. mar. bl. — Eschyle, théâtre, traduction d'Alex. Pierron. *Paris*, *Charpentier*, 1841, in-12, demi-rel. mar. bl.

642. Les Comédies de Térence, avec la traduction et les remarques de Mme Dacier. *Amsterdam*, *Arkstée et Merkus*, 1747, 3 vol. in-12, fig. v. f. fil.

643. Térence, traduit en vers français par le major Taunay. *Paris*, *Dentu*, 1859, 2 vol. in-12, demi-rel. mar. la Vall. (*Figures.*)

644. Ancien Théâtre françois, ou Collection des ouvrages dramatiques les plus remarquables depuis les mystères jusqu'à Corneille, publié avec des notes et éclaircissements, par M. Viollet-le-Duc. *Paris*, *P. Jannet*, 1854-1857, 10 vol. in-16, cart. n. rog.

645. Mystères inédits du xve siècle, publiés par Achille Jubinal. *Paris*, *Techener*, 1837, 2 vol. in-8, demi-rel. veau gris.

646. Note sur Benoist du Lac, ou le Théâtre et la Basoche à Aix, à la fin du xvie siècle, par A. Joly. *Lyon*, *N. Scheuring*, 1862, in-8, pap. vergé, br.

Tiré à 150 exemplaires.

647. La Farce de maistre Pierre Pathelin, avec son Testament. *Paris, Coustelier*, 1724, pet. in-8, v. gr.

648. Chefs-d'œuvre dramatiques, ou Recueil des meilleures pièces du Théâtre français, tragique, comique et lyrique, par M. Marmontel. *Paris, impr. de Grangé*, 1773, in-4, fig. demi-rel. mar. br.

649. Les Tragédies de Robert Garnier. *Rouen, Adrian Morront*, 1618, in-12, mar. r. fil. tr. dor.

650. Corneille (P.). Théâtre et œuvres diverses. *Paris, Durand*, 1747-48, 7 vol. — Œuvres de Th. Corneille, 5 vol. 1748. Ens. 12 vol. in-12, v. m. (*Rel. uniforme.*)

651. Corneille (P.). Œuvres complètes, avec œuvres choisies de T. Corneille et notes de tous les commentaires. *Paris, Didot*, 1845, 2 vol. gr. in-8 à 2 colonnes, demi-rel. mar. veau fil.

652. Corneille. Histoire de sa vie et de ses ouvrages, par M. Taschereau. *Paris, Jannet*, 1855, in-16, percal. rel.

653. Lexique comparé de la langue de Corneille et de la langue du XVIIe siècle en général, par M. Fr. Godefroy. *Paris, Didier*, 1862, 2 vol. in-8, demi-rel. v. v.

654. Racine (J.). Œuvres, précédées des Mémoires sur sa vie, par L. Racine. *Paris, Didot*, 1844, gr. in-8 à 2 col. d.-rel. maroq. v. fil. portrait.

655. Les Œuvres de Jean Racine, texte original avec variantes, notice par Anatole France. *Paris, A. Lemerre, s. d.*, tom. Ier, in-18, br.

656. Racine. Esther et Athalie, avec un comm. biblique, par le pasteur Ath. Coquerel. *Paris, Cherbuliez*, 1863, in-8, broché.

657. Les Œuvres de Molière, avec notes et variantes, par A. Pauly. *Paris, A. Lemerre, s. d.*, tom. 1 à 5, in-18, front. à l'eau-forte, br.

658. Taschereau (J.). Histoire de la vie et des ouvrages de Molière. 3e édition. *Paris, Hetzel*, 1844, in-12, br. 3 fig.

659. Bazin (A.). Notes historiques sur la vie de Molière. *Paris, Techener*, 1851, in-16, demi-rel. v. f. fil.

660. Molière. Supplément aux diverses éditions de Molière, ou Lettres sur la femme de Molière et poésies du comte de Modène, son beau-père. *Paris*, 1825, in-8 de 172 pages. broché.

661. Notes historiques sur la vie de Molière, par A. Bazin. *Paris, Techener*, 1851, in-12, demi-rel. mar. r.

662. Recherches sur Molière et sur sa famille, par Eud. Soulié. *Paris, L. Hachette*, 1863, in-8, demi-rel. mar. r. tête dor. n. rog.

663. Rapport sur la découverte d'un autographe de Molière présenté à M. le préfet de l'Hérault, par M. de la Pijardière. *Montpellier*, 1873, in-8, br.

Exemplaire sur chine.

664. Les Origines du théâtre de Lyon, mystères, farces et tragédies, troupes ambulantes. — Molière, avec fac-simile, notes et documents, par C. Bronchoud. *Lyon, M. Scheuring*, 1865, in-8, br.

665. Chefs-d'œuvre dramatiques de Voltaire. *Paris, A. Hiard*, 1831, 4 tom. en 2 vol. in-18, demi-rel. v. r.

666. Théâtre de la Foire, par Le Sage. *Paris, Boullaud-Tardieu*, 1893, 4 vol, in-8, br.

667. Amusemens de société, ou Proverbes dramatiques. *Amsterdam*, 1770, 8 vol. in-12, vél. v.

668. Chefs-d'œuvre dramatiques de Collé et Favart. *Paris, impr. de J. Didot*, 1824, in-18, demi-rel. v. ant.

669. Œuvres de J.-F. Ducis, suivies des œuvres de M.-J. de Chénier. *Paris, Ledentu*, 1839, gr. in-8, portr. demi-rel. veau, bl.

670. La Mort de Marie-Antoinette d'Autriche, reine de France, tragédie en cinq actes et en vers (par Barthès). *Paris, chez Boncompte*, 1797, in-18, cart. (*Rogné.*)

671. Charlotte Corday, tragédie en cinq actes et en vers, par J.-B. Salles. *Paris, J. Miard*, 1864, in-4, pap. de Holl. fac-simile, br.

672. Œuvres d'Andrieux. *Paris, Nepveu*, 1822, 6 vol. in-18, demi-rel. v. v.

673. Théâtre de C. Delavigne. *Paris, Ladvocat*, 1826, 3 vol. in-18, fig. demi-rel. v. r.

674. Delavigne (Casimir). Théâtre. *Paris, Didier*, 1854, 3 vol. in-12, demi-rel. v. f. portr.

675. Scènes populaires dessinées à la plume, par Henry Monnier. — L'Esprit des campagnes, 1838. *Paris, Dumont*, 1839, tomes 3 et 4 en 1 vol. in-8, figures, demi-rel. mar. r.

676. Théâtre de H. de Balzac. *Paris, V. Lecou, s. d.* — Théâtre complet du comte A. de Vigny. *Paris, Charpen-*

tier, 1848. — Histoire philosophique et littéraire du théâtre français, par M. Hipp. Lucas. *Paris, Ch. Gosselin*, 1843, 3 vol. in-12, demi-rel. mar. et v.

677. Le Testament de César, drame, par Jules Lacroix. *Paris, F. Didot*, 1849, gr. in-8, demi-rel. mar. viol.

678. La Bourse, comédie, par Fr. Ponsard. *Paris, Lévy*, 1856. — La Question d'argent, comédie, par Alex. Dumas. *Paris, Charlieu*, 1857. — L'Honneur et l'Argent, comédie, par F. Ponsard. *Paris, Lévy*, 1853. — Le Pressoir, drame, par G. Sand. *Paris, Lévy*, 1853. — Philibert, comédie, par E. Augier. *Paris, Lévy*, 1853. — Les Faux Bonshommes, comédie, par Th. Barrière et Ern. Capendu. *Paris, Lévy*, 1856. — Comme il vous plaira, comédie, par G. Sand. *Paris*, 1856, 3 vol. in-12, demi-rel. mar. et v.

679. Œdipe roi, tragédie de Sophocle, trad. par J. Lacroix. *Paris, Lévy*, 1858. — La Jeunesse, comédie, par E. Augier. — *Paris, Lévy*, 1858. — Hélène Peyron, drame, par L. Bouihlet. *Paris, A. Taride*, 1858, 1 vol. in-12, demi-rel. mar. r.

680. Herculanum, opéra, par MM. Méry et Hadot. *Paris, Lévy*, 1859. — Ce qui plaît aux femmes, comédie, par F. Ponsard. *Paris, Lévy*, 1860. — Au Printemps, fantaisie, par M. L. Laluyé. *Paris, Charlieu*, 1857. — Théophile, ou ma Vocation, comédie-vaudeville de MM. Varin, Arago et Desvergers. *Paris, Marchant*, 1834. — Les Bourgeois de Paris, ou les Leçons au pouvoir, comédie-vaudeville, par MM. Dumanoir, Clairville et J. Cordier. *Paris*, 1850. — Fanchon la Vielleuse, comédie, par MM. J.-N. Bouilly et J. Pain. *Paris, Barba*, 1809. — Dans la Rue, pochade, par MM. Léonce et Alex. de Bar. *Paris*, 1859, in-12, demi-rel. mar. v. n. rog.

681. Le Parasite, comédie, par Ed. Pailleron. *Paris, M. Lévy*, 1860. — Lucrèce, tragédie, par F. Ponsard. *Paris, Furne*, 1843. — Antigone, tragédie de Sophocle, traduite par P. Meurice et Aug. Vacquerie. *Paris, Furne*, 1844. — La Ciguë, comédie, par E. Augier. *Paris, Furne*, 1844. — Paroles, comédie tirée de Shakspeare, trad. par P. Meurice et Aug. Vacquerie. *Paris, Furne*, 1844, 2 vol. in-12, demi-rel. mar.

682. Les Effrontés, comédie, par E. Augier. *Paris, M. Lévy*, 1861. — Gaëtana, drame, par Ed. About. *Paris, M. Lévy*, 1862, in-8, demi-rel. v. gris.

683. Le Mur mitoyen, comédie, par Ed. Pailleron. *Paris, Lévy*, 1862. — Le Décaméron, comédie, par H. Blaze de Bury. *Paris*, 1861. — Le Parasite, comédie, par Ed. Pail-

leron. *Paris*, 1860. — La Dernière Idole, drame, par MM. E. l'Epine et A. Daudet. *Paris*, *Lévy*, 1862, 1 vol. in-12, demi-rel. v.

684. Les Misérables, drame, par Ch. Hugo. *Paris*, *Pagnerre*, 1863. — Jean Baudry, par Aug. Vacquerie. *Paris*, *Pagnerre*, 1863, in-8, demi-rel. mar. r. tête dor. n. rog.

685. Le Fils de Giboyer, comédie, par Ém. Augier. *Paris*, *M. Lévy*, 1863. — Le Marquis de Villemer, comédie, par G. Sand. *Paris*, *M. Lévy*, 1864, in-8, demi-rel. mar. r. tête dor. n. rog.

686. Le Supplice d'une femme, drame, par Ém. de Girardin. *Paris*, *M. Lévy*, 1865. — Histoire du Supplice d'une femme, par Alex. Dumas fils. *Paris*, *M. Lévy*, 1865, in-8, demi-rel. mar. r. n. rog.

687. Les Jocrisses de l'amour, comédie, par Th. Barrière et Lambert Thiboust. *Paris*, *Lévy*, 1865. — La Volonté, comédie, par J. Du Boys. *Paris*, *Dentu*, 1864. — La Poudre aux yeux, par MM. Eug. Labiche et Ed. Martin. *Paris*, *Lévy*, 1861. — La Cravate blanche, comédie, par Ed. Gondinet. *Paris*, *Lévy*, 1867. — La Liberté des théâtres, salmigondis, par MM. Cogniard et Clairville. *Paris*, *Dentu*, 1864. — La Flûte enchantée, opéra, par MM. Nuitter et Beaumont. *Paris*, *Lévy*, 1865, in-12, demi-rel. mar. br.

688. Affaire Clémenceau. — Mémoire de l'accusé, par Alex. Dumas fils. *Paris*, *M. Lévy*, 1866. — Les Idées de Mme Aubray, comédie, par le même. *Paris*, *M. Lévy*, 1867, in-8, demi-rel. mar. r. n. rog.

689. Le Lion amoureux, comédie, par Fr. Ponsard. *Paris*, *M. Lévy*, 1866, in-8, cart. n. rog.

690. La Famille Benoiton, comédie, par V. Sardou. *Paris*, *Lévy*, 1866. — La Pomme, comédie, par Th. de Banville. *Paris*, *Lévy*, 1865. — Diane au bois, comédie, par le même. *Paris*, 1864. — Nos Intimes, comédie, par V. Sardou. *Paris*, *Sardou*, 1862. — Les Vacances du docteur, drame, par A. Rolland. *Paris*, *Lévy*, 1862. — Dolorès, drame, par L. Bouilhet. *Paris*, *Lévy*, 1862, 2 vol. in-12, demi-rel. mar. et v.

691. Galilée, drame en vers, par Fr. Ponsard. *Paris*, *M. Lévy*, 1867, in-8, portr. demi-rel. v. f.

692. Paul Forestier, comédie, par E. Augier. *Paris*, *M. Lévy*, 1868, in-8, demi-rel. mar. r.

693. Les Souvenirs et les Regrets d'un vieil amateur dramatique, ou Lettres sur l'ancien Théâtre-Français. *Paris*,

1829, in-8, v. pap. de Hollande, tr. dor. (*Figures en couleurs.*)

694. Comédies et Comédiens, feuilletons de P.-A. Fiorentino. *Paris, Mich. Lévy*, 1866, 2 vol. in-12, demi-rel. v. f.

695. Goncourt (Ed. et J. de). Sophie Arnould, d'après sa correspondance et ses mémoires inédits. *Paris, Poulet-Malassis*, 1857, demi-rel. mar. r.

696. Mémoires de Céleste Mogador. *Paris, Libr. nouvelle*, 1858, 4 vol. in-12, demi-rel. la Vall.

697. Chefs-d'œuvre du théâtre espagnol, trad. avec une introduction et des notes, par M. Damas-Hinard. *Paris, Gosselin*, 1845, 2 vol. in-12, demi-rel. ch. viol.

698. Chefs-d'œuvre du théâtre espagnol, Lope de Vega, trad. de M. Damas-Hinard. *Paris, Gosselin*, 1842, 2 vol. in-12, demi-rel. mar. viol.

699. Guarini. Il Pastor fido. *In Amsterdamo, appresso Lud. Elzeviere*, 1640, in-18, maroq. r.

Édition ornée de jolies figures sur cuivre.

700. Il Capitano, comedia di M. L. Dolci. *In Vinegia*, 1545, pet. in-8, cart. — Amorosi ragionamenti, dialogo, per M. L. Dolci. *In Vinegia*, 1546, pet. in-8, demi-rel. vél.

701. Shakspeare. Œuvres complètes, traduction de Benjamin Laroche. *Paris, Gosselin*, 1843, 7 tom. en 4 vol. in-12, demi-rel. mar. vert. (*Portr. et figures.*)

702. Shakspeare. Chefs-d'œuvre, trad. franç. en regard, par Ph. Chasles, Lebas et Mennechet. *Paris*, 1836, 2 vol. in-8, demi-rel. v. (*Galette.*)

703. Guizot. Shakspeare et son temps, étude littéraire. *Paris, Didier*, 1852, in-8, br.

704. Œuvres complètes de Shakspeare, traduction nouvelle par Benjamin Laroche. *Paris, Ch. Gosselin*, 1842, 7 tom. en 6 vol. in-12, demi-rel. v. f.

705. The London Stage, a collection of the most reputed tragedies, comedies, operas, farces, melodramas and interludes. *London, s. d.*, in-8, demi-rel. v. f. non rog. (*Thouvenin.*)

706. Œuvres dramatiques de Schiller, traduction de M. de Barante. *Paris, Didier*, 1863, 2 vol. in-8, demi-rel. mar. r. tête dor. n. rog.

707. Théâtre de Schiller, traduction de M. X. Marmier. *Paris, Charpentier*, 1855, 3 vol. in-12, demi-rel. mar. r.

708. Faust, tragédie de Goethe, trad. par Gérard. *Paris, Dondey-Dupré*, 1828. — Théâtre de Clara Gazul, par Prosper Mérimée. *Bruxelles*, 1828.— Répertoire du théâtre de Madame. *Paris*, *Baudouin*, 1827, 4 vol. in-18, demi-rel. veau.

709. Tchao-Chi-Kou-Eul, ou l'Orphelin de la Chine, drame en prose et en vers, trad. du chinois par Stanislas Julien. *Paris*, *Moutardier*, 1834, in-8, pap. vél. v. f. dent.

Exemplaire de De Bure.

ROMANS.

711. Traduction des meilleurs romans grecs, latins et gaulois, extraits de la Bibliothèque universelle des romans. *Paris*, *Volland*, 1785, 2 vol. in-4, demi-rel. mar. bl.

712. Romans grecs. Petits Poëmes grecs traduits par MM. Alban, Falconnet, Bignon, etc. *Paris*, *Lefèvre*, 1841, 2 vol. iu-12, demi-rel. mar. bl. (*Rare.*)

713. Longi Pastoralium de Daphnide et Chloë libri quatuor, græce et latine. *Lutetiæ Parisiorum*, 1754, in-4, fig. du Régent, demi-rel. dos et coins de mar. r.

714. Les Pastorales de Longus, ou Daphnis et Chloé, trad. de J. Amyot. *Paris*, *Alex. Corréard*, 1821, in-8, demi-rel. v. r.

715. Amours de Théagènes et Chariclée. *Genève* (*Cazin*), 1782, 2 vol. in-18, v. f. fil. tr. dor.

Bel exemplaire.

716. Pétrone latin et françois, traduction entière suivant le manuscrit trouvé à Belgrade en 1688 (par Nodot). *S. l.*, 1698, 3 vol. in-8, fig. v. f.

717. Pétrone latin et françois, traduit sur le manuscrit trouvé à Belgrade en 1688 (par Nodot), nouvelle édition augmentée. *S. l.*, 1709, 2 vol. in-12, fig. v. gr.

718. Apulée. L'Ane d'or. *Paris*, *Lefuel*, in-18. (*Gravures.*) — Choix de petits romans de différents genres, par M. L. M. D. P. (le marquis de Paulmy). *Londres et Paris*, 1789, 2 vol. en un. — Ens. 2 vol. in-16, demi-rel. mar. r. (*Gravure.*)

719. L'Ane d'or d'Apulé, précédé du Démon de Socrate, nouvelle traduction avec le latin en regard, par J.-A. Maury. *Paris*, *J.-Fr. Bastien*, 1822, 2 vol. in-8, fig. demi-rel. v. f.

720. L'Utopie de Thomas Morus. *Leide*, *P. van der Aa*, 1715, in-12, fig. v. f. (*Manque le titre.*)

Aux armes de Colbert.

721. Elogio della Pazzia composto da Erasmo di Roterdamo. *Milano,* 1819, in-18, fig. demi-rel. v. ant.

722. Jo. Barclaii Argenis, editio novissima. *Lugd. Bat., ex officina Elzeviriana,* 1630, pet. in-12, front. gravé, mar. r. dent. tr. dor.

723. Jo. Barclaii Argenis, editio novissima. *Lugd. Bat., ex officina Elzeviriana,* 1630, in-16, vél.

---

724. Collection des romans français, publiée par Dauthereau. *Paris,* 1825-1830, 120 vol. in-18, demi-rel.

Jolie collection, devenue rare. Les couleurs de la reliure varient pour chaque ouvrage.

725. Voyages imaginaires, songes, visions et romans cabalistiques (recueillis par Garnier). *Amsterdam et Paris,* 1787, 39 vol. in-8, fig. de Marillier, bas.

726. La Bibliothèque bleue. *Paris,* 1776, 6 part. en 2 vol. in-8, fig. de Desrais, v. marbr. et demi-rel.

727. L'Histoire de Pierre de Provence et de la belle Maguelonne. *Paris, Silvestre,* 1845, in-16, goth. vign. br.

Exemplaire sur papier de Chine.

728. Les Amours du bon vieux temps. *A Vaucluse et Paris,* 1756. — Les Amours de Léandre et Héro, poëme traduit du grec en français avec le texte. *Paris,* 1784. — Nouveaux Contes arabes, ou Supplément aux Mille et une Nuits, par M. l'abbé *** (Guillon). *Paris,* 1788. — 3 ouvr. en un vol. in-12, demi-rel. mar. r.

729. Les Cent Nouvelles nouvelles, édition revue sur les textes originaux et précédée d'une introduction par Le Roux de Lincy. *Paris, Paulin,* 1841, 2 vol. in-12, demi-rel. v. f.

730. Rabelais. Œuvres. *Amsterdam, H. Bordesius,* 1711, 6 vol. pet. in-8, portraits et cartes, v.

Armes sur les plats.

731. Les Œuvres de François Rabelais. *Genève (Cazin),* 1782, 4 vol. in-32, portr. v. marbr.

732. Œuvres de Rabelais, édition de MM. Burgaud des Marets et Rathery. *Paris, Didot,* 1857-58, 2 vol. in-12, demi-rel. mar. viol.

Excellente édition.

733. Œuvres de Fr. Rabelais. *Paris, Ledentu,* 1837, gr. in-8, portr. br.

734. Rabelais. Œuvres, publ. par Marty-Laveaux. *Paris, Alph. Lemerre*, 1868-69, tome Ier en 2 parties in-8, br. en vélin.

735. Les Grandes et inestimables Cronicques de Gargantua. *Paris, Silvestre*, 1845, in-16 goth. vign. br.

Exemplaire sur papier de Chine.

736. Les Facétieuses Nuicts du seigneur Straparole. *S. l.*, 1726, 2 vol. in-12, v. gr.

737. Les Contes et discours d'Eutrapel, par Noël du Fail, seigneur de la Hérissaye. *S. l.*, 1732, 2 vol. in-12, v. gr. fil.

738. Contes et Nouvelles et joyeux devis de Bonaventure des Periers. *A Amsterdam, chez Jean-Frédéric Bernard*, 1711, 2 vol. in-12, demi-rel. v. f. (*Frontispice gr.*)

739. L'Heptaméron des nouvelles de très-illustre et très-excellente princesse Marguerite de Valois, royne de Navarre. *Paris, chez Jean Caveiller*, 1559, in-8.

Réimpression faite par Jouaust en 1870. Elle a été publiée en huit parties, ornée des eaux-fortes de Flameng, et est devenue très-rare.

740. Les Aventures du baron de Fœneste, par Th.-Agrippa d'Aubigné, nouvelle édition avec des notes (par Jacob le Duchat). *Amsterdam*, 1731, 2 tom. en 1 vol. gr. in-8, fig. v. gr.

741. Le Prince de Condé, roman historique, par Boursault. *Paris, impr. de P. Didot l'aîné*, 1792, 2 vol. in-12, v. f. dent. tr. dor.

742. Œuvres choisies de Ch. Perrault, avec les Mémoires de l'auteur et des Recherches sur les contes des fées, par M. Collin de Plancy. *Paris, Peytieux*, 1826, in-8, portrait, demi-rel. v. br.

743. Les Contes des Fées, en prose et en vers, de Charles Perrault, 2e édition, revue et corrigée, par Ch. Giraud. *Lyon, impr. de L. Perrin*, 1865, in-8, pap. teinté, fig. en ff. dans un carton.

744. Aventures burlesques de Dassoucy. — La Vraie histoire comique de Francion, par Ch. Sorel. — Les Œuvres de Tabarin. — Le Virgile traversti en vers burlesques, par Paul Scarron. — Histoire comique de la lune et du soleil, par Cyrano de Bergerac. *Paris, A. Delahays*, 1858, 5 vol. in-12, fig. demi-rel. mar.

745. Le Roman bourgeois, ouvrage comique, par Ant. Furetière; nouvelle édition par M. Ed. Fournier, précédée d'une

notice par M. Ch. Asselineau. *Paris, P. Jannet,* 1854, in-12, demi-rel. v. f.

746. Lettres portugaises, nouvelle édition conforme à la première. (*Paris, Cl. Barbin,* 1669), 1853, pet. in-12, demi-rel. v. f.

747. Aventures de Télémaque, par Fénelon. *Paris, Lefèvre,* 1824, 2 vol. in-32, chagr. bl. dent. tr. dor.

De la collection des Classiques français.

748. Hamilton (comte Ant.). OEuvres. *Paris, A. Renouard,* 1812, 3 vol. in-8, demi-rel. v. gauf. jol. portraits.

Avec la suite des quatre Facardins.

749. Carte de l'isle de Mariage, suite des Promenades, par M. L. le Noble. *Amsterdam, Gérard Kuyper,* 1705, pet. in-12, v. gr.

750. Histoire du chevalier Des Grieux et de Manon Lescaut (par l'abbé Prévost). — Suite de l'histoire de Manon Lescaut. *Londres et Amsterdam,* 1782, 4 vol. in-32, v. marbr. fil. tr. dorée.

751. Histoire du chevalier Des Grieux et de Manon Lescaut, par l'abbé Prévost. *Paris, Ledoux,* 1819. — La Dot de Suzette, ou histoire de Mme de Senneterre, racontée par elle-même. *Paris, an sixième.* — Légendes amoureuses de l'Italie, par P. Perret. *Paris, Hetzel,* 1861. — Le Livre des Amants, publié par J.-B. Giniez. *Paris,* 1859. Ens. 4 ouvr. in-16, demi-rel. veau, et demi-mar. r.

752. Le Sage. Histoire de Gil-Blas de Santillane. *Paris, Lefèvre,* 1836, in-8, v. orn. pl. gaufr. T. D. Portrait de Le Sage en médaillon sur le titre.

753. Histoire de Gil-Blas de Santillane, par Le Sage, précédée d'une introduction par M. J. Janin, illustrée par Gavarni. *Paris, Morizot,* 1863, gr. in-8, fig. demi-rel. mar. r. tr. dor.

754. Histoire de Mlle Cronel, dite Frétillon, actrice de la comédie de Rouen, écrite par elle-même. *La Haye,* 1740, 3 part. en 1 vol. in-12, portr. v. f.

755. Bok et Zulba, histoire allégorique, traduite du portugais de dom Aurel Eniner (par de La Solle). *S. l. n. d.,* 2 part. — Gaudriole, conte. *La Haye, Isaac Beauregard,* 1746, in-12, fig. v. marbr.

756. La Berlue, ou nouvelles découvertes sur l'optique (par Poinsinet de Sivry). *Londres,* 1760, in-12, v. marbr.

757. Romans et contes de M. de ***. *Londres,* 1767, 2 vol. pet. in-12, v. marbr.

758. Les Bijoux indiscrets, par Diderot. *Londres*, 1773, in-8, v. marbr. fil.

759. Tanzaï et Néadarné, histoire japonaise (par Crébillon fils). *Pékin* (*Paris*), 1734, 2 vol. in-32, v. marbr. fil. tr. dor.

760. Collection complète des Œuvres de M. de Crébillon fils. *Londres*, 1777, 14 tom. en 7 vol. in-12, demi-rel. bas.

761. Mémoires de Mlle de Bontems, ou de la comtesse de Marlou, rédigés par M. Gueullette. *Londres* (*Cazin*), 1781, 2 vol. in-32, v. marbr. fil. tr. dor.

762. Le Cousin de Mahomet (par Fromaget). *Constantinople* (*Cazin*), 1781, 2 vol. in-32, fig. v. marbr. fil. tr. dor.

763. Geneviève de Cornouailles et le damoisel sans nom, roman de chevalerie, par M. de Mayer. *Londres* (*Cazin*), 1784, in-32, fig. v. marbr. fil. tr. dor.

764. Le Petit-Neveu de Boccace, ou contes nouveaux en vers, nouvelle édition, revue, corrigée et augmentée, par M. Pl. D. (Plancher de Valcour). *Amsterdam*, 1787, 3 vol. in-8, cart.

765. Origine des Grâces, par Mlle D*** (Dionis). *Paris*, 1777, in-8, fig. de Cochin, v. marbr.

766. Œuvres complètes de M. Gessner. *Genève* (*Cazin*), 1786, 3 vol. in-32, fig. de Marillier, br. *non rogné*.

767. Saint-Pierre (Bernardin de). Paul et Virginie.— La Chaumière indienne. — L'Arcadie, etc. *Paris*, *Dupont*, 1826, 2 vol. in-8 en un, demi-rel. v. f. à n. fil.

768. Paul et Virginie, par Bernardin de Saint-Pierre, précédé d'une préface par Jules Janin. *Paris, D. Jouaust*, 1869, in-8, fig. sur chine, br.

769. Les Trois Nouvelles, par Mercier de Compiègne. *Paris*, 1795, in-18, fig. bas.

770. Les Parisiennes, ou XL caractères généraux pris dans les mœurs actuelles (par Rétif de la Bretonne). *Neufchâtel et Paris*, 1787, tom. 3 et 4 en 1 vol. in-12, fig. demi-rel.

771. Rétif de la Bretonne. La Mimographe, ou Idées d'une honnête femme, pour la réformation du théâtre national. *Amsterdam, Changuion*, 2 part. en 1 vol. in-8, demi-rel. *non rogné*.

772. Rétif de la Bretonne. Tableaux de la vie, ou les mœurs du XVIIIe siècle. *A Neuwied*, 1791, 2 tom. en 1 vol. in-18, demi-rel. *figures*.

Piqûre dans la marge du fond.

773. RÉTIF DE LA BRETONNE. Le Paysan perverti. *Imprimé à la Haye, et se trouve à Paris chez la veuve Duchesne*, 1776, 8 part. en 4 vol. in-12, rel. 82 figures à part non rognées, belles épreuves.

L'explication des planches forme un 5e volume de texte.

774. RÉTIF DE LA BRETONNE. La Paysanne pervertie, ou les Dangers de la ville. *Imprimé à la Haye*, 1784, 8 part. en 4 vol. in-12, demi-rel. 36 *figures*.

A la fin de la quatrième partie, quelques coins endommagés.

775. Rétif de la Bretonne. La Paysanne pervertie. *La Haye*, 1786, 8 part. en 2 vol. in-12, demi-rel.

Cet exemplaire n'a que les huit planches qui forment frontispices.

776. RÉTIF DE LA BRETONNE. Les Nuits de Paris, ou le Spectateur nocturne. *Paris, Mérigot*, 1791-1794, 16 tom. en 8 vol. pet. in-8, demi-rel. *figures*.

Très-rare.

777. RÉTIF DE LA BRETONNE. Monsieur Nicolas, ou le Cœur humain dévoilé. *Imprimé à la maison et se trouve à Paris*, 1794 à 1797, 16 vol. pet. in-8, brochés, non rognés.

Très-rare.

778. Les Folies du siècle, Roman philosophique, par M***. *Paris, Pillet*, 1817, in-8, fig. demi-rel.

779. Nodier (Ch.). Les Dernières Aventures du jeune d'Olban, fragment des Amours alsaciennes. *Paris, Techener*, 1829. — Franciscus Columna, précédé d'une notice par J. Janin. *Paris*, 1844, 2 ouvr. rel. en 1 vol. in-12, demi-rel. dos et coins v. f. fil. (*Portrait ajouté.*)

780. Soirées d'hiver, histoires et nouvelles, par É. de la Bédollière. *Paris, L. Curmer*, 1839, pet. in-8, fig. br.

781. Mémoires de Jacques Casanova de Seingalt, écrits par lui-même. *Paris, Paulin*, 1843, 4 vol. in-12, d.-rel. chagr. n.

782. Karr (Alph.). Sous les Tilleuls. *Paris, Delloye*, 1840, 2 vol. in-12. (*Figures.*) — Gautier (Th.). Fortunio. *Paris, Delloye*, 1840. Ens. 3 tom. en 1 vol. demi-rel. v. rose.

783. Fragoletta, par H. de Latouche. Naples et Paris, en 1799. *Paris, Delloye*, 1840. — Le Maçon, mœurs populaires, par M. Raymond. *Paris, Delloye*, 1840. — Le Moine, par M. G. Lewis. *Paris, Delloye*, 1840, 6 tom. en 3 vol. in-12, fig. demi-rel. v.

784. Nouvelles, de Mme Ém. de Girardin. *Paris*, 1856. — Suite des Histoires et paraboles du Père Bonaventure Giraudeau, par Champion de Nilon, 1840. — L'Assassinat du

Pont-Rouge, par Ch. Barbara. *Paris*, 1855. — Le Renard, par Gœthe, tr. par Ed. Grenier. *Paris*, 1858. — Le Brahme voyageur, par F. Denis. Ens. 5 ouvr. in-12 et in-16, demi-rel. mar. r. et mar. br. et demi-v. f.

785. L'Ane mort, par Jules Janin, illustré par T. Johannot. *Paris, E. Bourdin*, 1842, gr. in-8, fig. demi-rel. mar. viol. tr. dor.

786. Obermann, par de Sénancour. *Paris, Charpentier*, 1844. — Nouvelles vieilles et nouvelles, par Ch. Nodier, Topffer, etc. *Paris, Heuguet*, 1843. — Nouvelles allemandes, trad. par X. Marmier. *Paris, Charpentier*, 1847. — Contes fantastiques de Hoffmann. *Paris, Lavigne*, 1844, 4 vol. in-12, demi-rel. mar.

787. Karr (Alph.). Geneviève. *Paris, Paulin*, 1845, 2 vol. en un. — Marianna, par Jules Sandeau. *Paris, Paulin*, 1846, 2 vol. en un. — Dolorès, légende, par J. T. de Saint-Germain. *Paris, Tardieu*, 1864. Ens. 3 ouvr. pet. in-12, demi-rel. mar. bl. et cart.

788. Dumas fils (Alex.). La Dame aux Camélias (roman), avec préface de M. J. Janin. *Paris, Cadot*, 1851. — La Dame aux Camélias, pièce en cinq actes. Ens. 2 ouvr. en 1 vol. in-12, demi-rel. v. f.

789. Nerval (Gérard de). Œuvres. *Paris, Giraud*, 1852-54, 3 vol. in-18, demi-rel. v. f.

Les Filles du Feu. — Les Illuminés. — Lorely.

790. Six Mois de la vie d'un jeune homme (1797), par Viollet-le-Duc. *Paris, Jannet*, 1853, in-12, demi-rel. v. f.

De la collection Elzévirienne.

791. Histoire des aventures de Fortunatus, avec sa bourse et chapeau, enseignant comme un jeune homme doit se comporter dans toutes rencontres, tant dans son pays que dehors. *A Limoges, chez Jacques Farne, s. d.*, plaq. in-12 de 56 pag. demi-rel. dos et coins v. f. (*Lardière.*)

792. Les Aventures merveilleuses de Fortunatus. *Paris*, 1853, in-12, demi-rel. v. f.

793. Les Aventures de don Juan de Vargas, racontées par lui-même. *Paris, Jannet*, 1853, in-12, demi-rel. v. f.

794. Dumas (Alex.). Les Trois Mousquetaires. — Vingt ans après. *Paris, Michel Lévy*, 1856, 5 vol. in-12, demi-rel. ch. viol.

795. Mémoires d'un bourgeois de Paris, comprenant la fin de l'Empire, la Restauration, la monarchie de Juillet, la République jusqu'au rétablissement de l'Empire, par le Dr L.

Véron. *Paris*, *Libr. nouvelle*, 1856-57, 5 vol. pet. in-12, demi-rel. ch. vert.

796. L'Amour, les Femmes et le Mariage, par Ad. Ricard. *Paris, G. Sandré*, 1857. — Les Mariages de province, par Jean Du Boys. *Paris, Dentu*, 1864.— Mémoires de Thérésa, écrits par elle-même. *Paris*, *Dentu*, 1865, 3 vol. in-12, demi-rel. mar. et v.

797. Le Tueur de lions, par J. Gérard. *Paris*, *Hachette*, 1858. — Trente et Quarante, par Ed. About. *Paris*, *Hachette*, 1859. — Anastase, ou mémoires d'un Grec, par M. Thomas Hope. *Paris*, *Ch. Gosselin*, 1844. — Mémoires d'un seigneur russe, trad. par Ern. Charrière. *Paris*, *Hachette*, 1854, 4 vol. in-12.

798. Réflexions et menus propos d'un peintre genevois, par R. Topffer. *Paris*, *Hachette*, 1858. — La Vie élégante à Paris, par le baron de Mortemart-Boisse. *Paris*, *Hachette*, 1857, 2 vol. in-12, demi-rel. mar. bl.

799. Esquisses parisiennes, scènes de la vie, par Théod. de Banville. *Paris*, *Poulet-Malassis*, 1859, in-12, br. *papier de Hollande.*

800. Stahl (P.-J.). Les Bonnes Fortunes parisiennes. *Paris*, *Hetzel*, *s. d.*, 2 tom. en 1 vol. in-12, demi-rel. v. f.

801. Les Bonnes Fortunes parisiennes, par P.-J. Stahl. *Paris*, *Hetzel*, *s. d.* — Madame Hilaire, par Mme L. Vallory. *Paris*, *Dentu*, 1859. — Monsieur et Madame Fernel, par L. Ulbach. *Paris*, *Hetzel*, *s. d.* — Fanny, étude, par Ern. Feydeau. *Paris*, *Amyot*, *s. d.*, 4 vol. in-12, demi-rel. mar.

802. Les Mauvais Ménages, par L. Jourdan. *Paris*, *Libr. nouvelle*, 1859.— Robert Emmet (par Mme d'Haussonville). *Paris*, *M. Lévy*, 1858.— La Bohême littéraire, par Décembre Alonnier. *Paris*, *M. Lévy*, 1862. — Le Nez d'un notaire, par Ed. About. *Paris*, *Lévy*, 1863. — Histoire d'un bouton, par Piotre Artamov. *Paris*, *M. Lévy*, 1863, 5 vol. in-12, demi-rel. mar.

803. Çà et là, par L. Veuillot. *Paris*, *Gaume*, 1860, 2 vol. in-12, jolie demi-rel. mar. r. tr. dor. n. rog.

804. Mosaïques, anecdotes et propos comiques, traits de satire et moralistes. *Paris*, *Gaume frères*, 1862, pet. in-8, pap. de Holl. mar. n. tr. dor.

Avec envoi autographe à M. Dübner.

805. Ce qu'il y a derrière un testament, par Décembre Alonnier. *Paris*, 1863. — Légendes populaires de la France. *Paris*, *Belin*, 1843. — Souvenirs intimes d'un vieux chas-

seur d'Afrique, recueillis par Ant. Gandon. *Paris, Dentu*, 1859. — Le Moyen de parvenir, par Béroalde de Verville. *Paris, Gosselin*, 1841, 4 vol. in-12, demi-rel. mar. et v.

806. Salammbô, par Gustave Flaubert. *Paris, M. Lévy*, 1863, in-8, demi-rel. mar. br.

807. Passiflores, par Mme la baronne de Montaran. *Paris, Didier*, 1864. — Les Parasites, par Ed. Pailleron. *Paris, Lévy*, 1861. — Formes et couleurs, par Arthur Ponroy. *Paris, Lavigne*, 1842. — Pierre Ladronneau à la recherche des loyers à bon marché, par A. Humbert. *Paris, Amyot*, 1859, 4 vol. in-8, demi-rel. mar. et v.

808. L'Enfer du Dante, traduit en vers, texte en regard, par L. Ratisbonne. *Paris, Michel Lévy*, 1859, 2 vol. in-12, demi-rel. mar. br. tête dor. non rog.

809. Le Philocope de messire Jean Boccace Florentin, contenant l'histoire de Fleury et Blanchefleur, divisé en sept livres, traduictz d'italien en françois, par Adrien Sevin. *Paris, Magdaleine Boursette*, 1555, in-8, vél.

810. Histoires tragiques, extraites des œuvres italiennes de Bandel et mises en langue françoise par P. Boisteau et Fr. de Belle-Forest. *Rouen, Lyon, P. l'Oysellet et B. Rigaud*, 1567-95, 7 vol. in-16, vél.

811. Sept Petites Nouvelles de Pierre Arétin, concernant le jeu et les joueurs, traduites en français pour la première fois, et précédées d'une étude sur l'auteur et sur divers conteurs italiens, par Philomneste Junior. *Paris, Gay*, 1861, in-12, jolie demi-rel. dos et coins de mar. rouge tête dor. fil.

812. Histoire de Bertholde, contenant ses aventures, sentences, bons mots, reparties curieuses, etc., traduite de l'italien de Giulio Cesare Croci. *La Haye, P. Gosse*, 1750, in-8, v. f.

813. La Prima e la seconda Cena, novelle di Anton Francesco Grazzini detto il Lasca. *In Londra*, 1756, in-8, v. marbr.

814. Novelle di Franco Sacchetti. *Milano, per Giovanni Silvestre*, 1815, 3 vol.

815. Manzoni. I Promessi Sposi. 1827, 4 vol. — Verri. Le Notti romane. 1824, etc. Ens. 11 vol. in-12, demi-rel. v.

816. Cervantes (Michel). Histoire de don Quichotte de la Manche, publ. par F. de Brotonne. *Paris, Didier*, 1840-45, 2 vol. in-12, demi-rel. mar. r. portr.

817. Histoire de don Quichotte de la Manche, par Michel Cervantes, traduit par F. de Brotonne. *Paris, Didier*, 1845, gr. in-8, fig. cart.

818. Les Sept Visions de dom Francisco de Quevedo Villegas, trad. de l'espagnol par le sieur de la Geneste. *Paris, Clément Malassis,* 1667, pet. in-12, v. marbr.

819. Clarisse Harlowe, traduction nouvelle et seule complète, par Letourneur, sur l'édition originale, revue par Richardson. *Paris, Lemarchand*, 1802-1803, 14 tomes rel. en 7 vol. pet. in-12, demi-rel. mar. vert (*figures*.)

820. Le Pirate et les trois cutters, suivis de Clair de lune, par le capitaine Marryat, traduit de l'anglais par Defauconpret. *Paris, Ch. Gosselin,* 1837, 2 vol. in-8, demi-rel. dos et coins de mar. v. tr. dor.

821. Le Vicaire de Wakefield, par Goldsmith, traduit en français avec le texte anglais en regard, par Ch. Nodier. *Paris, Bourgueleret,* 1838, in-8, fig. avant la lettre, br.

822. Goldsmith (Olivier). Le Vicaire de Wakefield, trad. de Mme Louise Belloc. *Paris, Charpentier,* 1844, in-12, mar. r, fil. à comp. tr. dor. (*Figures.*)

Aux armes de Cormer-Neilson.

823. The Adventures of Roderick Random, by T. Smollett, M. D., with a life of the author. *London, T. Davison,* 1824, in-18, demi-rel. dos et coins de mar. br.

824. The Greenhouse, hothouse and stove, by Charles Mac Intosh. C. F. C. H. S. *London, Corner,* 1838, in-12, fig. cart. tr. dor.

825. Le Marchand d'antiquités, par Ch. Dickens, traduit de l'anglais par Defauconpret. *Paris, G. Barba,* 1842, 2 tom. en 1 vol. in-8, demi-rel. mar. r.

826. Hypérion et Kavanagh, par Henri W. Longfellow, traduit de l'anglais. *Paris et Bruxelles,* 1860, 2 vol. in-12, demi-rel. mar. r. tr. dor.

827. Evangeline, a tale of Acadie by Henry Wodsworth Longfellow, illustrated by Jane E. Benham, Birket Foster, etc. *London, David Bogue,* 1854, in-8, fig. cart. tr. dor.

828. Le Dimanche, récits de Marsilius Brunck, docteur en philosophie de l'université de Heidelberg, recueillis par le baron de Reiffenberg. *Bruxelles,* 1834, 2 vol. in-12, demi-rel. v. f.

829. Hitopadésa, ou l'Instruction utile, recueil d'apologues et de contes, traduit du sanscrit par Ed. Lancereau. *Paris, P. Jannet,* 1855, in-12, cart., non rog.

PHILOLOGIE. — FACÉTIES. — ÉPISTOLAIRES.

830. Leçons et modèles de littérature française, ancienne et moderne, par P.-F. Tissot. *Paris*, *J.-L. Henry*, 1835, 2 vol. gr. in-8, demi-rel. mar. viol. tr. dor.

831. Lycée, ou cours de littérature ancienne et moderne, par J.-F. la Harpe. *Paris*, *Baudouin*, 1827, 18 vol. in-8, demi-rel. v. ant.

832. Amusements philologiques, ou variétés en tous genres, par G.-P. Philomneste (G. Peignot). *Dijon*, *V. Lagier*, 1824, in-8, mar. r. fil. tête dor. non rog. (*Muller.*)

833. Amusements philologiques, ou variétés en tous genres, par G.-P. Philomneste (G. Peignot). *Paris*, *V. Lagier*, 1824, in-8, br.

834. Amusements philologiques, ou variétés en tous genres, par G.-P. Philomneste (G. Peignot). *Paris*, *V. Lagier*, 1842, in-8, demi-rel. v. f.

835. Boissonade. Articles littéraires et de philologie grecque, française, anglaise, etc., au nombre de plus de 200. Insérés dans le *Journal des Débats*, et autres, 3 cartons in-fol.

Recueil factice.

836. Schlegel W. Essais littéraires et historiques. *Bonn.*, *Ed. Weber*, 1842, in-8, cart. non rog.

837. Encyclopediana, recueil d'anecdotes anciennes, modernes et contemporaines. *Paris*, *Paulin*, 1843, gr. in-8, demi-rel. mar. viol.

838. Menagiana. Bons Mots et remarques critiques, etc., recueillis par ses amis. *Paris*, 1729, 4 vol. in-12, v. br. (*Rare.*)

839. Huetiana, ou Pensées diverses de M. Huet, évesque d'Avranches (publ. par l'abbé d'Olivet). *Paris*, *J. Estienne*, 1722, in-12, v. br.

840, Fournier (Éd.). L'Esprit des autres. *Paris*, *Dentu*, 1855, in-12, demi-rel. mar. rouge.

841. Les Nuits parisiennes, à l'imitation des Nuits attiques d'Aulu-Gelle (par Chomel). *Londres et Paris*, *Lacombe*, 1769, 2 parties en 1 vol. in-12, demi-rel. mar. v. non rogné.

842. Sainte-Beuve. Portraits contemporains et divers. *Paris*, *Didier*, 1852, 3 vol. in-12, br.

843. Le Livre des proverbe français, par Lerroux de Lincy, précédé d'un essai sur la philosophie de Sancho Pança par J. Denis. *Paris*, *Paulin*, 1842, 2 tomes en 1 vol. in-12, demi-rel. mar. vert.

844. Le Roux de Lincy. Le Livre des proverbes français. *Paris, Delahays*, 1859, 2 vol. in-12, demi-rel. maroq. orange.

845. Mésangère (M. de la). Dictionnaire des proverbes français, 3e édition. *Paris*, *Treuttel et Wurtz*, 1823, in-8, broché.

---

846. Les Colloques d'Érasme, trad. nouvelle par M. de Gueudeville. *Leide*, *P. Vander Aa*, 1720, 6 vol. in-8, fig. v. gr.

847. Hippolytus redivivus, id est remedium contemnendi sexum muliebrem, autore S. J. E. D. V. M. W. A. S. *S. l.*, 1844, pet. in-12, v. marbr. dent.

848. Cymbalum Mundi, ou dialogues satiriques sur différents sujets, par Bonaventure des Périers, avec l'apologie de cet ouvrage par Prosper Marchand. *Amsterdam*, *Arkstée et Merkus*, 1753, pet. in-8, front. demi-rel. v. ant.

849. Poggii facetiarum liber. *Londini*, 1798, 2 vol. in-12, demi-rel.

Édition devenue rare. Elle renferme les imitations françaises. Exemplaire non rogné.

850. Les Évangiles des Quenouilles, édition revue avec préface, glossaire et table analytique. *Paris*, *P. Jannet*, 1855, in-12, cart. n. rog.

851. Les Bigarrures et Touches du seigneur des Accords (Estienne Tabourot), avec les Apophthegmes du sieur Gaulard et les Escraignes dijonnoises. *Rouen*, *David Geuffroy*, 1625, 5 part. en 1 vol. in-12, portr. et fig. sur bois, chagr. br. fil. dos orné. (*Mouillures, un feuillet et plusieurs portions de feuillets refaits dans les Escraignes.*)

852. La Nouvelle Fabrique des excellents traits de vérité, par Ph. d'Alcripe, sieur de Neri en Verbos, augmentée des Nouvelles de la terre de Prestre Jehan. *Paris*, *Jannet*, 1853, in-12, demi-rel. v. f.

853. Bonaventure Desperiers. Cirano de Bergerac, par M. Ch. Nodier. *Paris*, *J. Techener*, 1841, pet. in-8, demi-rel. mar. violet.

854. Les Quinze Joies de mariage, avec les variantes des anciennes éditions, une notice bibliographique et des notes. *Paris, P. Jannet*, 1857, in-12, cart. non rog. (*Rare.*)

855. Académie galante. *Paris*, *C. Blageart*, 1682, in-12, v. gr.

856. Histoire amoureuse de Pierre le Long et de sa très-honorée dame Blanche Bazu (par de Sauvigny). *Londres* (*Paris*), 1765, in-12, fig. demi-rel. v.

857. Monacologie, illustrée de figures sur bois. *Paris, Paulin*, 1844, in-12, demi-rel. v. f.

858. Éloge de l'Enfer, ouvrage critique, historique et moral. *La Haye*, 1759, 2 vol. in-12, fig. v. f.

859. Grosley, Mémoires de l'Académie ci-devant établie à Troyes en Champagne. *S. l.*, 1768, in-12, demi-rel. v. rose, tr. dor.

860. Bibliothèque choisie de contes, de facéties et de bons mots. *Paris*, *Royer*, 1786, 6 tom. en 3 vol. in-8, demi-rel. mar. br.

861. Voyage de Paris à Saint-Cloud par mer, et Retour de Saint-Cloud à Paris par terre. *Paris*, 1754, in-12, jolie demi-rel. mar. r. *non rogné.*

Réimpression faite en 1865, par E. Maillet.

862. L'Art de désopiler la rate (par Panckouke). *Venise*, 178873, 2 vol. in-12, v. marbr.

863. Histoire de la Crinoline au temps passé, par Alb. de la Fizelière, suivie de la Satire sur les cerceaux, paniers, etc., par le chev. de Nisard. *Paris*, *Aubry*, 1859, pet. in-12, demi-rel. mar. r. tr. marbr.

864. Revue parisienne, dirigée par M. de Balzac. *Paris*, 1840. — Du Rôle des coups de bâton dans les relations sociales et en particulier dans l'histoire littéraire, par Victor Fournel. *Paris*, *A. Delahays*, 1858, 2 vol. in-18, demi-rel. v. f.

865. Dictionnaire contenant les anecdotes historiques de l'Amour (par M. Mouchet). *Troyes*, *Gobelet*, 1811, 5 vol. in-8, demi-rel. bas. viol.

866. Collection complète des pamphlets politiques et opuscules littéraires de P.-L. Courier. *Bruxelles*, 1826, in-8, portr. demi-rel. v. v.

867. Ossat (cardinal d'). Lettres, avec notes de M. Amelot de la Houssaye. *Amsterdam*, 1714, 5 vol, in-12, v. br.

868. Lettres amoureuses de mess. Girolam Parabosque, traduites d'italien en françois, par Philip.-Hubert de Villiers. *A Paris, au Palais, en la boutique de Galiot Corrozet, s. d.*, pet. in-16, v. ant. (*Piqûres.*)

869. Lettres inédites de Henri IV, recueillies par le prince Augustin Galitzin. *Paris, J. Techener*, 1850, in-8, demi-rel. dos et coins de mar. bl. tête dor. n. rog.

870. Pellisson. Lettres historiques. *Paris, Bazois*, 1729, 3 vol. in-12, v. r.

871. Lettres de Gui Patin, accompagnées de remarques, par J.-H. Réveillé-Parise. *Paris, J.-B. Baillière*, 1846, 3 vol. in-8, portr. demi-rel. v. ant.

872. Sévigné (Mme de). Lettres, avec les notes de tous les commentaires. *Paris, Didot*, 1856, 6 vol. in-12, demi-rel. mar. n. t. pl. tr. dor. (*Portrait.*)

873. Lettres de Mme de S*** (Sévigné), au marquis de Pomponne. *La Haye, Pierre Gosse*, 1757, in-12, cart. n. rog.

Sur le procès de Fouquet.

874. Lettres de Mlle de Lespinasse. *Paris, Amyot, s. d.* — Lettres de Mlle Aïssé à Mme Galandrini. *Paris*, 1840. — Les Confessions de Mme de la Vallière. *Paris, Didier*, 1854. — Mlle de Clermont, suivie de nouvelles, par Mme de Genlis. *Paris, Didier*, 1844. — Nouvelles Lettres de Mme la duchesse d'Orléans, princesse Palatine. *Paris, Charpentier*, 1853, 5 vol. in-12, demi-rel. mar. et v.

875. Lettres de Mme de Villars à Mme de Coulanges, 1679-1681, avec notes et introd., par Alfr. de Courtois. *Paris, Plon*, 1868, in-8, br.

876. Lettres philosophiques, par M. de V*** (Voltaire), avec plusieurs pièces galantes et nouvelles de différents auteurs. *Berlin*, 1772, in-8, bas. fil.

877. Voltaire. Lettres inédites à Frédéric le Grand, roi de Prusse, publiées sur les originaux. *Paris, Delalain*, 1802, in-8, bas. rac.

878. Voltaire et le président de Brosses, correspondance inédite, publiée par M. Th. Foisset. *Paris, Didier*, 1858, in-8, demi-rel. v. f. n. rog.

879. Guénée (l'abbé). Lettres de quelques juifs à M. de Voltaire, 8e édition. *Versailles, Lebel*, 1817, in-8, demi-rel. v. fil.

880. Correspondance de Victor Jacquemont avec sa famille et plusieurs de ses amis, pendant son voyage dans l'Inde

(1828-1832). *Paris, H. Fournier*, 1835, 2 tom. en 1 vol. in-8, portr. demi-rel. v. viol.

881. Eugénie de Guérin, journal et lettres publiés par G.-S. Trébutien. *Paris, Didier*, 1863, 2 vol. in-12, demi-rel. v. f.

882. Maurice de Guérin, journal, lettres et poëmes, publiés par G.-S. Trébutien, et précédés d'une étude biographique et littéraire par M. Sainte-Beuve. *Paris, Didier*, 1863, in-12, demi-rel. v. f.

MÉLANGES, POLYGRAPHES ET COLLECTIONS.

883. Variétés historiques et littéraires, recueil de pièces volantes, rares et curieuses, en prose et en vers, revues et annotées par M. Éd. Fournier. *Paris, P. Jannet*, 1855-59, 9 vol. in-12, cart. non rog.

884. Varia Philippi Beroaldi Opuscula. (*Parisiis*), *in ædibus Johannis Gourmontii*, 1520, in-4, fig. v. marbr.

885. Meslanges historiques et recueils de diverses matières pour la pluspart paradoxalles et neantmoins vrayes, par Pierre de Sainct-Julien. *Lyon, Benoist Rigaud*, 1589, in-8, vél. (*Mouillures.*)

886. Chapelain. Mélanges de littérature tirés de ses lettres (par F.-D. Camusat). *Paris*, 1626, pet. in-8, vél.

887. Pièces fugitives, suivies de quelques airs notés, paroles et musique par M. J.-B. Roche. *Amsterdam*, 1780, in-12, v. marbr.

888. Mémoires et correspondance historique et littéraire, 1726 à 1816, publiés par Ch. Nisard. *Paris, Lévy*, 1858. — Portrait intime de Balzac, sa vie, son humeur et son caractère, par Ed. Werdet. *Paris, E. Dentu*, 1859. — Heures de prison, par Mme Lafarge. *Paris, Libr. nouvelle*, 1854, 3 vol. in-12, demi-rel. mar. et v.

889. Discours et mélanges littéraires, par M. Villemain. *Paris, Ladvocat*, 1823, in-8, demi-rel. v. vert.

890. Album de la mode. Chroniques du monde fashionable, ou Choix de morceaux de littérature contemporaine, par MM. J. Janin, H. Martin, A. Dumas, etc. *Paris, J. Janet*, 1833, in-8, br.

891. Variétés littéraires, morales et historiques, par M. S. de Sacy. *Paris, Didier*, 1858, 2 vol. in-8, demi-rel. v. f.

892. Causeries d'un curieux, variétés d'histoire et d'art, par F. Feuillet de Conches. *Paris, H. Plon*, 1862, 2 vol. in-8, demi-rel. v. r.

893. Fragments de littérature morale et politique, par M. P. Faugère. *Paris, Hachette*, 1865, 2 vol. in-12, demi-rel. v. fauve.

894. Hommes et Dieux, études d'histoire et de littérature, par Paul de Saint-Victor. *Paris, Mich. Lévy*, 1867, in-8. br.

895. Thèses latines et françaises, par Jules Simon, A. Jacques et Debs. 3 part. en 1 vol. in-8, demi-rel. mar. v.

896. Recueil de 20 brochures sur divers sujets, par MM. L. Curmer, J. Gailhabaud, Alexis de Morel, etc. In-8.

897. Ochoa (Don Eugenio de). Tesoro de los Romanceros, 1 vol. — Tesoro de historiadores españoles, 1 vol. — Tesoro de los prosadores españoles. Ens. 3 vol. in-8, br. Portraits.

898. Mélanges de littérature allemande, ou choix de traductions de l'allemand, etc. *Paris, J.-J. Smits*, 1797, in-8, demi-rel. mar. r.

---

899. Plutarque. Œuvres morales translatées du grec en françois, revues et corrigées par le translateur (Amyot). *Paris, J. Parant*, 1587. — Œuvres meslées, par le même. *Paris, Lebouc*, 1603, 2 vol. in-8, vél.

900. Lucien, traduit par Belin de Ballu. *Paris, Lefèvre*, 1841. — Aristote, la Politique, l'Economie, trad. par Hœfer ; Lettre à Alexandre sur le monde, trad. de Batteux. *Paris, Lefèvre*, 1843. — Les Vies des plus illustres philosophes de l'antiquité, trad. du grec de Diogène Laërce. *Paris, Lefèvre*, 1841. — Moralistes grecs, trad. du grec. *Paris, Charpentier*, 1845. Ens. 4 vol. in-12, demi-rel. mar. viol. et mar. r.

901. Œuvres complètes de M. T. Cicéron, publiées en français avec le texte en regard, par Jos.-Vict. Le Clerc. *Paris, Werdet et Lequien fils*, 1827, 35 tom. en 36 vol. in-18, demi-rel.

Bel exemplaire.

902. Œuvres du seigneur de Brantôme. *Londres*, 1779, 15 vol. in-12, bas.

903. Monnoye (B. de la). Œuvres choisies. *La Haye*, 1770, 2 vol. in-4, v. m. rel. anc. (*Portrait.*)

904. Fontenelle. Œuvres. *Paris, Belin*, 1818, 3 vol. in-8, br.

905. Fontenelle (Esprit de). Recueil de pensées tirées de ses ouvrages. *La Haye, P. Gosse*, 1744, pet. in-8, mar. fers à fr. front. gr.

906. Mémoires pour servir à l'histoire de la vie et des ouvrages de Fontenelle. *Amsterdam, Michel Rey*, 1759, in-12, mar. la Vallière gaufré.

907. Saint-Évremond. Œuvres. *S. l.*, 1740, 5 vol. in-12, v. r. portrait, fig. et vignettes.

908. Chevreau. Œuvres mêlées. *La Haye*, 1697, pet. in-12, veau.

Exemplaire de M. Sainte-Beuve et une appréciation de lui sur la garde du volume.

909. Œuvres de Montesquieu. Esprit des lois ; œuvres diverses. *Paris, de Bure*, 1817, 8 vol. in-32, v. v. dent.

910. Montesquieu. Œuvres complètes, collat. sur les textes origin. par Ravenel. *Paris, de Bure*, 1834, gr. in-8 à 2 col. dos et coins, v. v. fil. portrait.

911. Œuvres de Le Sage. *Paris, H. Delloye*, 1838, gr. in-8, portr. et fig. demi-rel. dos et coins de v. bl.

912. Voltaire. Pièces inédites d'après les mss. originaux. *Paris, Didot l'aîné*, 1820. — Lettres inédites de Voltaire, de Mme Denis et de Colini. *Paris, Mongis aîné*, 1821, 2 vol. in-8, demi-rel. v. bl. uniforme.

913. Diderot. Mémoires, correspondance et ouvrages inédits. *Paris, Fournier*, 1841-42, 2 vol. in-12, demi-rel. mar. grenat. (*Portrait.*)

914. D'Alembert. Œuvres. *Paris, Belin*, 1821-22, 10 part. en 5 vol. in-8, cart. Bradel, n. rog.

915. Rulhière. Œuvres. *Paris, Mesnard et Desenne*, 1819, 2 vol. in-8, bas. rac.

916. Œuvres de Chamfort. *Paris, V. Lecou*, 1852. — Gazette de Grimm. *Paris, Eug. Didier*, 1854. — Œuvres de Fontenelle. *Paris, Didier*, 1852, 3 vol. in-12, demi-rel. v. f.

917. Œuvres complètes de madame la baronne de Staël-Holstein. *Paris, F. Didot*, 1838, 2 vol. gr. in-8, demi-rel. dos et coins de mar. bl.

918. Œuvres choisies de Lemierre. *Paris, F. Didot*, 1833, 2 tom. en 1 vol. in-18, demi-rel. v. bl.

919. Banlacre (Léonard). Œuvres historiques et littéraires, recueillies par E. Mallet. *Genève*, 1857, 2 vol. in-8, br.

920. Courier (P.-L.). Collection complète des pamphlets politiques et opusc. littér. *Bruxelles*, 1826, v. rac. fil. dent. portrait.

921. Courier (P.-L.). Mémoires, correspondance et opuscules inédits. *Paris*, *Sautelet*, 1828, 2 tom. en 1 vol. in-8, v. rac. fil. dent.

922. De Cormenin (Timon). Œuvres diverses. *Paris*, *Pagnerre*, 1838-39-46, 3 vol. pet. in-12, demi-rel. mar. bl. et demi-mar. viol.

Entretiens de village. — Études sur les orateurs parlementaires, 2 tomes en un volume. — Lettres sur la liste civile et sur l'apanage.

923. Feuillet (O.). Œuvres. *Paris*, *Michel Lévy*, 1857-63, 6 vol. in-12, demi-rel. chagr. viol. et demi-rel. veau f.

Scènes de comédies. — Bellah. — Le Roman d'un jeune homme pauvre. — La Petite Comtesse. — Scènes et proverbes. — Histoire de Sibylle.

924. Fontanes (de). Œuvres publ. pour la prem. fois avec une lettre de Chateaubriand et une notice de Sainte-Beuve. *Paris*, 1839, 2 vol. in-8, demi-rel. v. f. fil.

925. Guizot. Œuvres. *Paris*, *Didier*, 1844-52, 12 vol. in-12, demi-chagr. viol.

Gouvernement représentatif. — Civilisation en France, 4 vol. — Civilisation en Europe. — Étude sur les beaux-arts. — Études historiques. — Méditations. — Monck. — Essai sur l'histoire de France.

926. Œuvres de M. Guizot. *Paris*, *Didier*, 1846, 9 vol. in-12, demi-rel. v. f.

Histoire de la civilisation en Europe. — Histoire de la civilisation en France, 4 vol. — Shakspeare et son temps. — Corneille et son temps. — Histoire de la révolution d'Angleterre, 2 vol.

927. Gautier (Th.). Œuvres. *Paris*, *Lecou*, 1851-65, 8 vol. in-12, demi-rel. v. rose et demi-v. bl.

Poésies complètes. — Œuvres humouristiques. — Un trio de Romans. — Caprices et zigzags. — Italia. — Mademoiselle de Maupin. — Abécédaire du salon de 1865.

928. Heine (Henri). Œuvres. *Paris*, *Michel Lévy*, 1855-57, 7 vol. in-12, demi-rel. mar. bl.

De la France. — Lutèce. — De l'Allemagne, 2 vol. — Poëmes et légendes. — Reisebilder.

929. Janin (Jules). Œuvres diverses. — Littérature dramatique, 6 vol. — La Fin du monde. *Paris*, *Michel Lévy*, 1855-61, 7 vol. in-12, demi-rel. v. f.

930. Karr (Alph.). Œuvres. *Paris*, *Michel Lévy*, 1853-61, 11 vol. in-12, demi-rel. v. f. (*Envoi autographe de l'auteur à M. Curmer.*)

Les Guêpes, 4 vol. — Les Fleurs. — Voyage autour de mon jardin. — Roses noires et roses bleues. — Les Femmes. — Clovis Gosselin. — Romans. — Contes et nouvelles.

931. Œuvres de Lamennais. *Paris, Pagnerre*, 1843-44, 10 vol. in-12, demi-rel. v. gris.

Essai sur l'indifférence en matière de religion, 4 vol. — État de l'Église. — Progrès de la révolution. — Affaires de Rome. — Politique à l'usage du peuple. — Paroles d'un croyant.

932. Michelet (J.). Œuvres. *Paris, Hachette*, 1856-62, 6 vol. in-12, demi-rel. chagr. r. et demi-v. v.

L'Amour. — La Femme. — La Sorcière. — La Mer. — L'Oiseau. — L'Insecte.

933. Musset (Alfred de). Œuvres. *Paris*, 1840-52, 6 vol. in-12, demi-rel. ch. vert.

Poésies, 2 vol. — Contes. — Nouvelles. — Comédies et proverbes. — La Confession d'un enfant du siècle.

934. Villemain. Œuvres complètes. *Paris, Didier*, 1849-55, 12 vol. in-12, demi-rel. ch. vert.

935. Œuvres complètes de Pierre Godolin, avec traduction en regard, notes historiques et littéraires, par MM. J.-M. Cayla et Cléobule Paul. *Toulouse, Delboy*, 1843, gr. in-8, fig. demi-rel. dos et coins de v. bl. n. rog.

936. Rime et prose di M. Giovanni della Casa. *In Vinegia, Nicolo Bevilacqua*, 1558, in-4, cart.

937. Lord Byron. Œuvres complètes, traduites par Benj. Laroche. *Paris, Charpentier*, 1840, 4 vol. in-12, demi-rel. mar. r.

---

938. Classiques latins traduits en français. *Paris, Lefèvre*, 1845-50, 14 vol. in-12, demi-rel. mar. viol.

Plaute, Théâtre, 4 vol. — Térence, Comédies. — Lucrèce. — Tacite, 3 vol. — Perse, Juvénal. — L'Énéide de Virgile, 2 vol. — Pline. — Catulle, Tibulle, Properce.

939. Bibliothèque de poche. Variétés curieuses et amusantes des sciences, des lettres et des arts, par une société de gens de lettres et d'érudits. *Paris, Paulin et Le Chevalier*, 1845-55, 10 vol. — Curiosités des parlements de France d'après leurs registres, par Ch. Desmazes. *Paris, Gay*, 1863. Ens. 11 vol. in-12, demi-rel. mar. r.

Collection bien complète.

940. Collection des auteurs italiens, publiée à Florence par Barbera, 1860, 32 vol. in-18, brochés neufs.

941. Recueil de pièces gothiques. En 1 vol. pet. in-4, v.

Pomponii Leti opuscula, 1511. — Grammaticæ opus. *Parisiis, P. Gaudoul, s. d.* — Sabellici de Rerum inventoribus carmen. *S. a.* — Ptolemeus de Electionibus, 1513. — Bravardini arithmetica, 1505. — Valentini somnium et vigilia. — Ejusdem declamationes. — Turcicæ perfidiæ confutatio, 1514.

942. COLLECTION DE POÉSIES, romans, chroniques, etc., publ. d'après d'anciens manuscrits et d'après des éditions des XVe et XVIe siècles. *Paris, Silvestre (de l'imprimerie de Crapelet)*, 1838-1858, 24 vol. in-16, goth. vignettes gravées sur bois, demi-rel. dos et coins de mar. r. tête dor. n. rog.

On a ajouté à cette collection : l'Art de rhétorique pour rimer en plusieurs sortes de rimes. — Les Quinze Signes descendus en Angleterre. — Sensuyt le Testament de Taste-vin, roy des pions, en 1 vol. in-16, même rel. formant le 25e vol.

HISTOIRE.

GÉOGRAPHIE, VOYAGES, HISTOIRE ANCIENNE.

943. Dictionnaire universel d'histoire et de géographie, par M. N. Bouillet. *Paris, L. Hachette*, 1849, gr. in-8, demi-rel. v. v.

944. Abrégé de géographie, par Adrien Balbi. *Paris, Renouard*, 1840, in-8, cartes, demi-rel. mar. viol.

945. BULLETIN de la Société de géographie. *Paris*, 1867-1873, 7 années en livraisons.

Ces années renferment le récit des découvertes les plus intéressantes. Publié au prix de 20 fr. l'année.

946. Géographie illustrée, par H. Chauchard et A. Muntz. *Paris, Garnier*, 1844, gr. in-8, fig. et cartes, cart. tr. dor.

947. Atlas géographique, astronomique et historiqué, servant à l'intelligence de l'histoire ancienne, du moyen âge et moderne, dressé par J.-G. Heck, gravé par Engelmann. *Paris*, 1830, in-fol. demi-rel. v. r.

948. Carte générale de la géographie royale, par le sieur Tasin, géographe du roy. *Paris, N. Bercy*, 1655, in-8, obl. vél.

---

949. Abrégé de l'histoire générale des voyages, par J.-F. la Harpe. *Paris, A. Jourdan*, 1822, 30 vol. in-18, fig. demi-rel. v. r.

950. Voyage pittoresque autour du monde, publié sous la direction de M. Dumont d'Urville. *Paris, L. Tenré,* 1834, 2 vol. in 8, fig. cart.

951. Le Curieux Antiquaire, ou Recueil géographique et historique des choses les plus remarquables qu'on trouve dans les quatre parties de l'univers, par le sieur P.-L. Berkenmeyer. *Leide, Pierre Vander Aa,* 1729, 3 vol. in-8, fig. v. marbr. fil.

952. Voyage d'une femme autour du monde, par Mme Ida Pfeiffer, trad. de l'allemand par W. de Suckau. *Paris, Hachette,* 1858, 2 vol. in-12, jol. demi-rel. mar. vert. (*Non rogné.*)

953. Le Touriste. Haltes et souvenirs d'un voyageur, publié par lord Wigmore. *Paris, Amyot,* 1846, in-8, demi-rel. mar. viol.

954. Notes d'un voyage dans l'ouest de la France, par Prosper Mérimée. *Paris, Fournier,* 1836, in-8, fig. demi-rel. mar. br. (*Rare.*)

955. Notes d'un voyage dans le midi de la France, par Prosper Mérimée. *Paris, Fournier,* 1835, in-8, dem.-rel. mar. br. (*Rare.*)

956. Itinéraire et souvenirs d'Angleterre et d'Écosse, 1814-1826. *Paris, impr. de Dondey-Dupré,* 1834, 3 vol. in-8, pap. vél. br.

957. Angleterre, Écosse, Irlande. Voyage pittoresque, par L. Énault. *Paris, Morizot,* 1859, gr. in-8, fig. dem.-rel. mar. r.

958. Promenades en Belgique et sur les bords du Rhin, par P.-L. Enault. *Bayeux,* 1852, in-8, dem.-rel. mar. r.

959. Voyages dans les Alpes, par de Saussure. *Paris, Cherbuliez,* 1852. — Voyage aux eaux des Pyrénées, par H. Taine. *Paris, Hachette,* 1855. — Voyage en Bulgarie, par M. Blanqui. *Paris, Coquebert,* 1843. — Le Tableau de la mer, par G. de la Landelle. *Paris, Hachette,* 1862. — Panorama-itinéraire de Paris à Cabourg. *Paris, Pagnerre, s. d.* 5 vol. in-12, dem.-rel. mar. et v.

960. Le Président de Brosses en Italie. Lettres familières écrites d'Italie en 1739 et 1740, par Ch. de Brosses. *Paris, Didier,* 1858, 2 vol. in-12, demi-rel. v. f.

961. Lettres familières écrites d'Italie, à quelques amis, en 1739 et 1740, par Ch. de Brosses, avec une étude littéraire et des notes par Hippolyte Babou. *Paris, Poulet-Malassis,* 1858, 2 vol. in-12, demi-rel. mar. r. tr. marbr.

962. Itinéraire et souvenirs d'un voyage en Italie en 1819 et 1820. *Paris, Dondey-Dupré*, 1829, 3 vol. in-8, cartes, demi-rel. v. ant.

963. Itinéraire et souvenirs d'un voyage en Italie en 1819 et 1820. *Paris, impr. de Dondey-Dupré*, 1829, 4 vol. in-8, cartes, demi-rel. bas. r.

964. L'Italie, la Sicile, les îles Éoliennes, l'île d'Elbe, la Sardaigne, etc., Toscane, par M. Saint-Germain Leduc. *Paris, Audot fils*, 1834, gr. in-8, fig. demi-rel. mar. viol. tr. dor.

965. Voyages historiques, littéraires et artistiques en Italie, par M. Valery. *Paris, Baudry*, 1838, 3 vol. in-8, demi-rel. dos et coins de mar. viol.

966. Lettres sur l'Italie, par H. C. (lady Henriette Cooper). *Paris, F. Didot*, 1856, in-8, demi-rel. v. r.

967. Campagne de Rome, par Charles Didier. *Paris, J. Labitte*, 1842, in-8, br.

968. Voyage pittoresque dans le grand-duché de Bade, par le baron de Mortemart-Boisse, orné de 24 vues, dessinées d'après nature, par F.-A. Pernot. *Paris, Rittner et Goupil*, 1836, in-4, fig. demi-rel. mar. v.

969. Les Bords du Rhin, par Mme la baronne de Montaran. *Paris, Delloye*, 1838, in-8, demi-rel. mar. r.

970. La Suisse pittoresque. *Paris, impr. de Casimir, s. d.*, gr. in-8, fig. demi-rel. mar. v. tr. dor.

971. Voyage d'un artiste en Suisse, à 3 francs 50 par jour, par Ad. Desbarolles. — Allemagne et Russie, par M. Saint-René Taillandier. — Lettres italiennes. — Victor-Emmanuel II et le Piémont en 1858, par M. Ch. de la Varenne. *Paris, M. Lévy*, 1856-59, 3 vol. in-12, demi-rel. mar. et v.

972. Un Tour en Irlande, par le comte Joseph d'Avèze (J. Prévost). *Paris, Amyot*, 1847, in-8, demi-rel. mar. viol.

973. Joannis Schefferi Argentoratensis Laponia, id est regionis Lapponum et gentis nova et verissima descriptio. *Francofurti*, 1673, in-4, fig. demi-rel. dos et coins de v. v.

974. Six Mois en Orient en 1841 et 1842, par M. J. Bottu de Limas. *Lyon, N. Scheuring*, 1861, in-8, fig. demi-rel. v. f.

975. Pèlerinage à Jérusalem et au mont Sinaï, en 1831, 1832 et 1833, par le R. P. Marie-Joseph de Géramb. *Paris, A.*

Leclère, 1836, 3 tom. en 1 vol. in-8, fig. et cartes, demi-rel. dos et coins de mar. viol.

976. Voyage en Palestine et en Syrie, par M. G. Robinson. *Paris, Arthus Bertrand*, 1838. 2 vol. in-8, fig. et cartes, cart. n. rog.

977. Voyage en Syrie et en Égypte, pendant les années 1783, 1784 et 1785, par M. C.-F. Volney. *Paris, Volland*, 1787, 2 vol. in-8, carte, demi-rel. v. f.

978. Quinze Jours au Sinaï, par MM. A. Dumas et A. Dauzats. *Paris, Ch. Gosselin*, 1841. — La Grèce continentale et la Morée, par Buchon. *Paris, Gosselin*, 1853. — Voyage aux villes maudites, par Ed. Delessert. *Paris, V. Lecou*, 1853. — Mes Aventures au Sénégal, par V. Verneuil. *Paris*, 1858. — D'Athènes à Baalbek, par Ch. Reynaud. *Paris, Lévy*, 1853. — Voyage d'une femme au Spitzberg, par Mme L. d'Aunet. *Paris, Hachette*, 1855, 6 vol. in-12, demi-rel. mar. et v.

979. Voyage pittoresque en Asie et en Afrique, par J.-B. Eyriès. *Paris, Furne*, 1841, gr. in-8, fig. demi-rel. dos et coins de mar. r.

980. Voyage de Benjamin Bergmann chez les Kalmuks, traduits de l'allemand par M. Moris. *Châtillon-sur-Seine*, 1825, in-8, v. v.

981. Voyage du capitaine Hiram Cox dans l'empire des Birmans, avec des notes, par A.-P. Chaalons-d'Argé. *Paris, Arthus Bertrand*, 1825, 2 vol. in-8, fig. color. cart.

982. Mœurs, usages, costumes des Othomans, et abrégé de leur histoire, par A.-L. Castellan. *Paris, Nepveu*, 1812, 6 vol. in-18, fig. color. cart. n. rog.

983. Voyage à l'Isle-de-France, à l'Isle-de-Bourbon et au cap de Bonne-Espérance, par un officier du roi (Bernardin de Saint-Pierre). *Amsterdam*, 1773, 2 tom. en 1 vol. in-8, v. m. fig. de Moreau (1re éd.).

984. Christophe Colomb. Histoire de sa vie et de ses voyages, par Roselly de Lorgues. *Paris, Didier*, 1856, 2 vol. in-8, portr. fig. et carte, demi-rel. mar. br.

985. Christofori Colombi de insulis nuper inventis epistola... ab hyspano ydiomate in latinum conversa. 1493, pet. in-8 de 8 ff. fig. dans le texte, br.

Reproduction par le procédé Pilinski d'un opuscule rarissime.

986. Von der new gefunden Region die wol ein welt geneent mag Werden. Durch den Cristenlichen Kuenig von Portugal Wunderbarlich erfunden. *Gedruckt zu Nuremberg*,

durch Wolffganng Hueber, pet. in-4 de 6 ff. demi-rel. mar.

Réimpression fac-simile de la traduction allemande de la relation d'Améric Vespuce.

987. Voyage pittoresque dans les deux Amériques, publié sous la direction de M. Alcide d'Orbigny. *Paris, Furne*, 1841, gr. in-8, fig. demi-rel. dos et coins de mar. r.

988. Le Mexique, par J.-G. Beltrami. *Paris, Crevol*, 1830, 2 vol. in-8, demi-rel. v. ant.

---

989. Mémorial portatif de chronologie, d'histoire industrielle, d'économie politique, de biographie, etc. *Paris, Verdière*, 1829, 4 part. en 2 vol. in-12, demi-rel. v. ant.

990. Dictionnaire des dates, des faits, des lieux et des hommes historiques, ou les Tables de l'histoire, publié sous la direction de M. A.-L. d'Harmonville. *Paris, A. Levavasseur*, 1842, 2 vol. gr. in-8, cartes, demi-rel. mar. v.

991. Discours sur l'histoire universelle, par J.-B. Bossuet, précédé d'une notice littéraire par M. Tissot. *Paris, Furne, s. d.*, gr. in-8, fig. v. f. compart. tr. dor.

992. La Historia universale provata con monumenti e figurata con simboli degli antichi, opera di Monsignor Francesco Bianchini. *Veronese, in Roma*, 1747, in-4, portr. et fig. vél.

993. Introduction à la science de l'histoire, ou Science du développement de l'humanité, par Buchez. *Paris, Paulin*, 1838, in-8, demi-rel. mar. r.

994. La Grande Bohême, histoire des classes réprouvées, depuis les temps les plus reculés jusqu'à nos jours, par Francisque Michel et Édouard Fournier. *Paris, Seré, s. d.* gr. in-8, fig. demi-rel. mar. r.

995. Histoire des Bohémiens, ou Tableau des mœurs, usages et coutumes de ce peuple nomade, par H.-M.-G. Grellmann. *Paris, J. Chaumerot*, 1810, in-8, demi-rel. mar. v.

996. Histoire des Favorites, contenant ce qui s'est passé de plus remarquable sous plusieurs règnes, par Mlle D*** (de la Roche-Guilhem). *Imprimé à Constantinople, s. d.* (*Amsterdam*, 1699), 2 part. en 1 vol. in-12, fig. v. marbr.

997. Nouveau Dictionnaire historique. *Paris, L. Jay*, 1772-1789, 9 vol. in-8, bas.

998. Histoire des institutions de Moïse et du peuple hébreu, par J. Salvador. *Paris, M. Lévy*, 1862, 2 vol. in-8, demi-rel. v. gris.

999. Histoire des Juifs, écrite par Flavius Josèphe, sous le titre de Antiquitez judaïques, traduite par M. Arnauld d'Andilly. *Bruxelles, Eug.-H. Fricx*, 1701-1703, 5 vol. pet. in-8, fig. v. ant. dent. tr. dor. (*Piqûre de vers au tome V.*)

Belles épreuves des figures à mi-page.

1000. Histoire des Juifs, écrite par Flavius Josèphe, sous le titre de Antiquitez judaïques, traduite par M. Arnauld d'Andilly. *Bruxelles, J. Léonard*, 1738, 3 vol. — Histoire de la guerre des Juifs, par le même. *Bruxelles, J. Léonard*, 1738, 2 vol. Ens. 5 vol. pet. in-8, fig. de Van Orley, v. gr.

1001. Précis de l'histoire ancienne, par M. Poirson. — Précis de l'histoire et de la géographie du moyen âge, par M. Desmichels. — Abrégé de l'histoire générale des temps modernes, par F. Ragon. *Paris*, 1841, 3 vol. in-8, demi-rel. mar. r.

1002. Abrégé de l'histoire de la Grèce, depuis son origine jusqu'à sa réduction en province romaine (par Bernard). *Paris, Bernard, an VII*, 2 tom. en 1 vol. in-8, demi-rel. mar. r.

1003. Fêtes et courtisanes de la Grèce (par Chaussard). *Paris, F. Buisson, an IX* (1801), 4 vol. in-8, fig. v. rac.

1004. Œuvres complètes de Thucydide et de Xénophon, avec notices biographiques, par J.-A.-C. Buchon. *Paris, A. Desrez*, 1836, gr. in-8, demi-rel. dos et coins de maroq. viol.

1005. Xénophon. L'Expédition de Cyrus et la retraite des Dix mille, trad. de M. Larcher. *Paris, frères de Bure*, 1778, 2 vol. in-12, v. f. tr. dor.

1006. Plutarque. Les Vies des hommes illustres, translatées par M. Jacques Amyot. *De l'impr. de Jérémie des Planches*, 1583, in-fol. bas.

1007. Vies des hommes illustres de Plutarque, traduites du grec par D. Ricard. *Paris, Aug. Duboys*, 1828, tom. 9 et 10, gr. in-8, pap. vél., portr. et cartes, demi-rel. dos et coins de mar. v. n. rog.

Ces deux volumes contiennent : Alexandre, César, Nicias, Crassus, Sertorius, Eumène, Artaxerxe.

1008. Vies des hommes illustres de Plutarque, traduites du grec par Ricard. *Paris, A. Desrez*, 1838, 2 vol. gr. in-8, demi-rel. dos et coins de mar. bl.

1009. La Vérité sur la mort d'Alexandre le Grand, par E. Littré. — La Mort de Jules César, par Nic. de Damas. *Pa-*

ris, Pincebourde, 1865, demi-rel. maroq. r. (*Eau-forte de Ulm.*)

1010. De la Conqueste de Constantinople, par Joffroi de Villehardouin et Henri de Valenciennes, accompagnée de notes et commentaires par M. Paulin Paris. *Paris, J. Renouard*, 1838, in-8, demi-rel. dos et coins de mar. viol. n. rog.

1011. Tablettes romaines, contenant des faits, des anecdotes et des observations sur les mœurs, les usages, les cérémonies, le gouvernement de Rome, par un Français. *Paris*, 1824, in-8, fig. demi-rel. bas.

1012. Histoire romaine de Tite-Live, trad. nouvelle par Dureau de Lamalle. *Paris, Michaud*, 1810, 2 vol. in-8, carte, demi-rel. bas.

1013. Abrégé de l'histoire romaine de L. Annæus Florus, traduit par F. Ragon. *Paris, Panckoucke*, 1826, in-8, demi-rel. v. ant. n. rog.

1014. Histoire de César, par A. de Lamartine. *Paris*, 1856, in-8, demi-rel. mar. br.

1015. Histoire de Jules César (par Napoléon III). *Paris, H. Plon*, 1865, 2 vol. gr. in-8, demi-rel. mar. r. n. rog.

1016. Mémoires de Jules César, traduction nouvelle, par M. Artaud. *Paris, Panckoucke*, 1828, 3 vol. in-8, demi-rel. v. gris, n. rog.

1017. Pollion, ou le Siècle d'Auguste, par de Bugny. *Paris, Garnery*, 1808, 4 vol. in-8, br.

1018. Caii Suetonii Tranquilli Opera quæ exstant, ed. Carolus Patinus. *Basileæ*, 1675, in-4, fig. v. f.

1019. Suétone. Les Écrivains de l'histoire Auguste : Eutrope, Sextus Rufus, avec la traduction en français, publiés sous la direction de M. Nisard. *Paris, J.-J. Dubochet*, 1845, gr. in-8, demi-rel. dos et coins de mar. bl.

1020. Les Impératrices romaines, ou Histoire de la vie et des intrigues secrètes des femmes des douze Césars, etc., tiré des anciens auteurs grecs et latins, avec des notes historiques et critiques, par M. de Serviez. *Paris, Prault*, 1744, 3 vol. in-12, v. marbr.

1021. Ouvrages historiques de Polybe, Hérodien et Zosime, avec notices biographiques, par J.-A.-C. Buchon. *Paris, A. Desrez*, 1836, gr. in-8, demi-rel. dos et coins de maroq. violet.

De la collection du Panthéon littéraire.

1022. Sulpitii Severi Opera omnia. *Lugd. Bat., ex officina Elzeviriana,* 1643, in-12, v. f. fil. tr. dor.

Aux armes de Curmer-Neilson.

1023. Montesquieu. Considérations sur les causes de la grandeur des Romains et de leur décadence. *Paris, Michel Huart,* 1735, pet. in-8, v.

1024. Lacroix (L.). Recherches sur la religion des Romains, 1846. — De la Religion des Romains, 1851, cartes et pl.— Discours d'ouverture à la Faculté des lettres de Nancy, 1855. 3 parties en 1 vol. in-8, maroq. n. fil. (*Galette.*)

1025. L'Église et l'Empire romain au IVe siècle, par Albert de Broglie. *Paris, Didier,* 1866, 2 vol. in-8, br.

HISTOIRE DE FRANCE.

1026. *Carte géologique* de la France, par Dufrénoy et Élie de Beaumont. 6 feuilles sur toile.

1027. Atlas pour servir à l'histoire militaire de la France, pendant les temps modernes, par Hubault. *Paris, Belin, s. d.,* in-fol. cart.

1028. Annuaire, bulletin de la Société de l'histoire de France. *Paris, Renouard,* 1863 *et années suivantes.* (*En livraisons.*)

1029. France pittoresque, ou Description pittoresque, topographique et statistique des départements et colonies de la France, par A. Hugo. *Paris, Delloye,* 1835, 3 vol. gr. in-8, fig. demi-rel. mar. r.

1030. Précis historique de l'ancienne Gaule, ou Recherches sur l'état des Gaules avant les conquêtes de César, par Th. Berlier. *Bruxelles,* 1822, in-8, demi-rel. mar. r.

1031. Histoire de la vie privée des François, par Le Grand d'Aussy, avec des notes, par J.-B.-B. Roquefort. *Paris, Simonet,* 1815, 3 vol. in-8, demi-rel. mar. bl.

1032. Histoire des mœurs et de la vie privée des Français, par E. de la Bédollière. *Paris, V. Lecou,* 1847, 3 vol. in-8, demi-rel. mar. bl.

1033. Histoire critique de l'établissement de la monarchie française dans les Gaules, par M. l'abbé Dubos. *Paris, Nyon,* 1742, 4 vol. in-12, carte, v. marbr.

1034. France. Annales historiques, par Lebas. *Paris, Firmin Didot,* 1840, 2 vol. in-8, demi-rel. mar. v.

1035. La France ancienne et moderne, morale et matérielle, ou collection encyclopédique et statistique de tous les faits relatifs à l'histoire physique et intellectuelle de la France et de ses colonies. *Paris, Dubochet*, 1847, 2 gr. vol. in-12, à 2 colonnes, carte et vign. dans le texte, demi-rel. mar. violet.

1036. Abrégé chronologique de l'histoire de France, par le sieur de Mézeray. *Paris, Esprit Billiot*, 1717, 3 vol. in-4, portr. v. gr.

1037. Nouvel Abrégé chronologique de l'histoire de France, par Hénault. *Paris, impr. de Prault*, 1768, 2 vol. in-4, fig. demi-rel. bas.

Avec la collection des estampes historiques gravées d'après les dessins de M. Cochin.

Belles épreuves.

1038. Nouvel Abrégé chronologique de l'histoire de France, contenant les événements de notre histoire, depuis Clovis jusqu'à Louis XIV (par le président Hénault). *Paris*, 1774-1775, 3 vol. in-12, demi-rel. mar. r.

1039. Tableau de l'histoire de France, depuis le commencement de la monarchie jusqu'au règne de Louis XVI (par Alletz). *Paris, Lottin*, 1788, 2 vol. in-12, bas.

1040. Histoire des Gaulois, depuis les temps les plus reculés, par A. Thierry. *Paris, A. Sautelet*, 1828, 2 vol. in-8, demi-rel. v. r.

1041. Histoire de France depuis les Gaulois jusqu'à la mort de Louis XVI, par Anquetil. Tables synchroniques. *Paris, J.-S. Quesné*, 1829, in-8, demi-rel. v. viol. n. rog.

1042. Lettres sur l'histoire de France, pour servir d'introduction à l'étude de cette histoire, par Aug. Thierry. *Paris, Sautelet*, 1829, in-8, bas.

1043. Paulin Paris et Ed. Mennechet. Histoire de France. *Paris, Techener*, 1836-38, 6 vol. in-12, demi-rel. maroq. la Vall.

1044. Œuvres de Augustin Thierry. *Paris, Furne*, 1846, 8 vol. in-12, demi-rel. v. f.

Conquête d'Angleterre, 4 vol. — Lettres sur l'histoire de France. — Dix ans d'études historiques. — Temps mérovingiens, 2 vol.

1045. Lavallée (Th.). Histoire des Français. *Paris, Hetzel et Charpentier*, 1844, 4 vol. in-12, demi-mar. r.

1046. Introduction à toutes les histoires de France, par Antoine Béraud. *Paris, Hachette*, 1832. — Histoire des croisades, par MM. Michaud et Poujoulat. *Paris, Didier*, 1844. — François Ier et sa cour. *Paris, Hachette*, 1853. — Histoire de Napoléon et de la grande armée, par le comte de Ségur. *Paris, Gosselin*, 1863, 4 vol. in-12, mar. et v.

1047. Abrégé des révolutions de l'ancien gouvernement français, par Thouret. *Paris*, *P. Didot*, 1800. — Résumé de l'histoire de la Révolution française, par M. Léon Thiessé. *Paris*, *Lecointe*, 1826. — Histoire des révolutions romaines, par Vertot. *Paris*, *P. Didot*, 1813, tom. 2 à 4. — Histoire de France, par M. Millac. *Paris*, *Roussel*, 1843. — Abrégé chronologique de l'Histoire de France, par M. Ant. Macé. *Paris*, *Curmer*, 1850, 7 vol. in-18, demi-rel.

1048. Histoire de France, par Henri Martin, 4e édition. *Paris*, *Furne*, 1857-61, 17 vol. in-8, portr. demi-rel. maroq. violet.

1049. Cris de guerre et devises des États de l'Europe, des provinces et villes de France, et des familles nobles. *Paris*, 1852, in-12, demi-rel. v. f.

1050. Les Femmes célèbres de l'ancienne France, mémoires historiques, par M. Le Roux de Lincy. *Paris*, *Leroi*, 1848, in-12, demi-rel. mar. v. tr. dor.

1051. Annales du Parlement français, publiées par une société de publicistes, sous la direction de M. T. Fleury. *Paris*, *F. Didot*, 1848, gr. in-8, br.

Tome IX.

1052. Chéruel (A.). Histoire de l'administration monarchique en France. *Paris*, *Dezobry*, 1855, 2 vol. in-8, demi-rel. mar. v. fil.

1053. France militaire. Histoire des armées françaises de terre et de mer, de 1792 à 1833, publiée par A. Hugo. *Paris*, *Delloye*, 1833-1838, 5 vol. gr. in-8, fig. cart.

1054. Dictionnaire des armées de terre et de mer. Encyclopédie militaire et maritime, par le comte de Chesnel. *Paris*, *Armand Le Chevalier*, 1862-64, 2 vol. gr. in-8, fig. cart. n. rog.

1055. Les Aventures du petit roi saint Louis devant Bellesme, par Ph. de Chennevières. *Paris*, *Hetzel*. *s. d.*, in-12, demi-rel. mar. r. tr. dor.

1056. Les Chroniques de sire Jean Froissart, avec notes, éclaircissements, tables et glossaire, par J.-A.-C. Buchon. *Paris*, *A. Desrez*, 1837, 3 vol. gr. in-8, demi-rel. mar. bl.

1057. Chronique de Du Guesclin, avec une notice bibliographique et des notes, par M. Fr. Michel. *Paris*, *Méquignon-Havard*, 1830, in-18, fig. demi-rel.

1058. Les Routiers au XIVe siècle. Les Tard-Venus et la bataille de Brignais, par M. P. Allut. *Lyon*, *N. Scheuring*, 1859, pet. in-8, demi-rel. v. ant.

1059. Histoire de Charles VII, roi de France, et de son époque, 1403-1461, par M. Vallet (de Viriville). *Paris, veuve J. Renouard*, 1863, 3 vol. in-8, br.

1060. Jacques Cœur et Charles VII, ou la France au xve siècle, étude historique, par M. Pierre Clément. *Paris, Guillaumin*, 1853, 2 vol. in-8, portr. demi-rel. v. f.

1061. Histoire de Pierre Terrail, seigneur de Bayart, par Alfred de Terrebasse. *Paris, Ladvocat*, 1828, in-8, v. v. dent. tr. dor.

1062. Le Bon Chevalier sans peur et sans reproche, avec préface, par M. Michaud. *Paris*, 1829. — Mémoires de M. le duc de Lauzun. *Paris, Barrois*, 1822, 2 vol. — Les Souvenirs de Mme de Caylus. *Paris, Renard*, 1805. — Le Duc d'Orléans, prince royal, par Eug. Briffaut. *Paris*, 1842. — Souvenirs de chasses en Europe, par L. Viardot. *Paris, Paulin*, 1846, 6 vol. in-18, demi-rel. mar. et v.

1063. Mémoires de messire Philippe de Comines, seigneur d'Argenton. *Brusselle*, 1706, 4 vol. in-8, v. gr.

1064. Récit des funérailles d'Anne de Bretagne, publié par L. Merlet et Max. de Gombert. *Paris, A. Aubry*, 1858, pet. in-8, cart. n. rog.

1065. Marguerite d'Angoulême, son livre de dépenses, par le comte H. de la Ferrière-Percy. *Paris, Aubry*, 1862, in-12, demi-rel. mar. r. (*Portrait.*)

1066. Chéruel. Marie Stuart et Catherine de Médicis, étude historique. *Paris*, 1858, in-8, demi-rel. chagr. n.

1067. De cæde Francisci Lotareni Guisii Ducis magni lugubre carmen. *Duaci, apud Jacobum Bosschaerdum*, 1563, pet. in-8 de 4 ff. n. rel.

1068. Francisci Lotharingi Ducis Guisiani, fidei patriæque propugnatoris invictissimi, Tumulus, Huberto Moro Ambiano autore. *Duaci, ex typographia Jacobi Bosschaerdi*, 1563, pet. in-8 de 4 ff. n. rel.

1069. Pour la monarchie de ce royaume contre la division, à la royne mère du roy, par J. Vauquelin de la Fresnaye. *Paris, impr. de Fréd. Morel*, 1563, pet. in-8 de 12 ff. n. rel. (*Rogné.*)

1070. Arrest de la court de Parlement, portant condemnation capitale contre Symon du May, et déclaration d'innocence des seigneurs Davautigny et la Tour. *Lyon, Jean Saugrain*, 1566, pet. in-8 de 4 ff. n. rog.

1071. Considération sur l'histoire françoise et l'universelle de ce temps, dont les merveilles sont succinctement récitées, par Loys le Roy, dict Regius. *Lyon, Benoist Rigaud,* 1568, pet. in-8 de 20 ff. n. rel.

1072. Arrest de la court de Parlement, contre le cardinal de Chastillon, qui fut pair de France et comte de Beauvais. *Lyon, Michel Joue,* 1569, pet. in-8 de 4 ff. n. rel.

1073. Recueil de 13 pièces sur la mort de l'amiral Gaspard de Coligny. In-8, n. rel.

La complainte du regret de l'amiral de Coligny, en vers. *Lyon,* 1569. — Grace et pardon general. *Lyon,* 1570. — Lettre par le sieur de Dampierre. *Lyon,* 1568. — Edict du roy concernant la résidence des Baillifz, Juges et Nobles. *Lyon,* 1568. — Execution de la sentence contre les contes d'Aiguemont et de Horne. *Lyon,* 1568. — Response à l'interrogatoire à Jean de Poltrot sur la mort du duc de Guise. *Lyon,* 1563. — Lettres patentes pour enlever les biens aux seditieux et rebelles. — *Paris, s. d.* — Discours sur la pacification des troubles de l'an 1567. *Envers,* 1568. — Edict du roy sur la pacification des troubles de son royaume. *Troyes,* 1568. — Edict de Charles IX sur la pacification des troubles de son royaume. *Troyes,* 1568. — Discours du succez des affaires passez en Phrise. *Anvers,* 1568. — Remonstrances faictes au roy par Messieurs du Parlement. *Cambray, s. d.* — La déclaration de la volonté du roy faicte depuis son département de Paris. *Paris,* 1588.

1074. Pour la majorité du roy tres-chrestien, contre les esprits des rebelles. *Lyon, Michel Joue, s. d.,* pet. in-8 de 8 ff. n. rel.

1075. Discours sur les causes de l'exécution faite ès-personnes de ceux qui avoient conjuré contre le roy et son Estat. *Paris, à l'Olivier de P. l'Huillier,* 1572, pet. in-8, de 20 ff. n. rel.

1076. Déploration de la France sur la mort de hault et puissant prince messire Claude de Lorraine, duc d'Aumale, occis au siége de la Rochelle, au moys de mars, l'an 1573. *Paris,* 1573, pet. in-8 de 8 ff. n. rel. (court). — Illustrissimi principis Claudii Lothareni ducis Aumalides, et Franciæ Paris, funebris oratio. *Lutetiæ,* 1573, pet. in-8 de 16 p. n. rel.

1077. Ordonnance du roy, par laquelle il est prohibé à toutes personnes (excepté ceux qu'il a pleu à Sa Majesté en exempter) de porter sur eux, en habillements ni autres ornements, aucuns draps ni toiles d'or et d'argent, profileures, etc. *Paris, impr. de Fréd. Morel,* 1573, pet. in-8 de 8 ff. n. rel.

1078. De Obitu Caroli IX Christianissimi Francorum regis I Bapt. Bellaudi funebris Oratio. *Lutetiæ, ex officina Federici Morelli,* 1574, in-8 de 8 ff. n. rog.

1079. L'Ombre et tombeau de très-haute et très-puissante dame Marguarite de France, en son vivant duchesse de

Savoie et de Berri, fait et composé premièrement en langue latine par R. de R. et puis traduit en francès par E. N. D. J. *Imprimé à Thurin. par Baptiste d'Almuda*, 1574, pet. in-8, n. rel. (*Rogné.*)

1080. Exhortation à la paix aux catholiques françois. *Poictiers*, 1574, pet. in-8 de 19 pages, n. rel. — La Description du politique de nostre temps, fait par un gentilhomme françois. *Paris*, 1688, pet. in-8 de 22 pages, n. rel. — Advertissement des advertissemens au peuple très-chrestien, par Jean de Caumont, Champenois. *S. l.* 1787, pet. in-8 de 31 pages, n. rel. — Forme du serment qu'il convient faire par tout ce royaume pour l'entretenement de la saincte union, suivant l'édict et arrest sur ce intervenu par ladicte cour. *Orléans*, 1589, pet. in-8 de 8 pages, n. rel. — Déclaration du roy, sur autre précédente du XXVIIe jour de décembre dernier passé. *Lyon*, 1594, pet. in-8 de 13 pages.

1081. Journal des choses mémorable advenues durant le règne de Henri III, roi de France et de Pologne (par P. de l'Estoile). *Cologne*, 1720, 2 tom. en 4 vol. pet. in-8, portr. v. f.

1082. Mémoires du maréchal de Bassompierre. *Amsterdam*, 1723, 4 vol. pet. in-12, v. gr.

1083. Satyre Menippée, avec commentaire histor. littéraire et philolog., par Ch. Nodier. *Paris, Delangle*, 1824, 2 vol. in-8, demi-rel. v. f. *Fig. de Deveria.*

Bel exemplaire, figures sur chine.

1084. Satyre Ménippée, nouv. édit., avec commentaire et notice, par M. Ch. Labitte. *Paris, Charpentier*, 1841, in-12, br.

1085. Labitte (Ch.). De la Démocratie chez les prédicateurs de la ligue. *Paris*, 1841, in-8, demi-rel. v. v. fil.

1086. Mémoires des sages et royales œconomies d'Estat de Henry le Grand, ou Mémoires de Sully. *S. l. n. d.*, gr. in-8, demi-rel. mar. r.

1087. Journal inédit du règne de Henri IV, 1598-1602, par Pierre de l'Estoile, publié par E. Halphen. *Paris, A. Aubry*, 1862, in-8, pap. de Holl. demi-rel. mar. r. tête dor. n. rog.

1088. Mémoires (les) de la royne Marguerite. *S. l. n. d.* (*vers* 1620), pet. in-8, vél.

1089. Confirmation de la paix, ou l'advenement de monseigneur le dauphin au monde. *Angers*, 1601, pet. in-8, de 10 ff. n. rel. — Exhortation et épithalame sur le mariage du roy, par Philippe du Bec, archevêque et duc de Reims.

Lyon, 1601, pet. in-8, de 32 pages, n. rel. — Figure emblématique en trois langues et seulement en une visible de soy, où se peut voir une fleur de louanges du roy très-chrestien, de la royne, de monseigneur le dauphin et de monseigneur le duc d'Orléans. *Paris*, 1607, in-8, de 56 p. n. rel.

1090. Essai sur Michel de Marillac, garde des sceaux sous Louis XIII, sa vie et l'ordonnance de 1629, par Camille Arnault-Ménardière. *Poitiers, A. Dupré*, 1857, in-8, portr. demi-rel. mar. br.

1091. Recueil de 5 pièces. *Paris*, 1649, in-4, cart.

Les souhaits et soupirs des bons concitoyens de la ville de Paris, pour le retour du roy et de toute la cour. — Remonstrances à la reyne regente sur le gouvernement de l'Estat. — Remonstrance à la reine sur les abus des intendans de justice. — Le théologien d'Estat à la reyne pour faire desboucher Paris. — Le secret de la paix, ou la veritable suite du théologien d'Estat.

1092. Mémoires de Mme de Motteville sur Anne d'Autriche et sa cour ; nouv. édition, avec une notice par M. Sainte-Beuve. *Paris, Charpentier*, 1869, 4 vol. in-12, cart. n. rog.

1093. Madame de Sablé, études sur les femmes illustres et la société du XVIIe siècle, par M. Victor Cousin. *Paris, Didier*, 1854, in-8, demi-rel. v. f.

1094. Cousin (Victor). Madame de Sablé, 3e édit., revue et augm. *Paris, Didier*, 1865, in-12 br.

1095. Les Nièces de Mazarin, études de mœurs et de caractères au XVIIe siècle, par Amédée Renée. *Paris, F. Didot*, 1856, in-8, demi-rel. mar. v.

1096. Barthélemy (Ed. de). Madame la comtesse de Maure, sa vie et sa correspondance. *Paris, Gay*, 1863, in-12, br. titre et n. r.

1097. Barrière (F.). Mémoires secrets sur le règne de Louis XIV, la régence et le règne de Louis XV. — Mémoires de Mme du Hausset. — Mémoires du baron de Beauval. — Mémoires de Marmontel. — Mémoires sur les journées de septembre 1792. — Mémoires de Mme de Staal-Delaunay, de M. le marquis d'Argenson, etc. *Paris, F. Didot*, 1846, 6 vol. in-12, demi-rel. mar. bl.

1098. Pellisson. Histoire de Louis XIV depuis la mort de Mazarin jusqu'à la paix de Nimègue (1678). *Paris*, 1749, 3 vol. in-12, v. fil.

1099. Chéruel. Saint-Simon considéré comme historien de Louis XIV. *Paris*, 1865, gr. in-8, br.

1100. Floquet (A.). Bossuet, précepteur du dauphin et évêque à la cour. *Paris, Didot*, 1864, in-8, br.

1101. Chéruel. De l'Administration de Louis XIV. *Paris*, *Joubert*, 1850, in-8, demi-rel. chagrin vert.

1102. Le Gouvernement de Louis XIV, par M. Pierre Clément. *Paris*, *Guillaumin*, 1848, in-8, demi-rel. v. f.

1103. Chéruel. Mémoires sur la vie publique et privée de Fouquet d'après ses lettres et pièces inédites. *Paris*, 1862, 2 vol. in-8, br.

1104. Histoire de la vie et de l'administration de Colbert, contrôleur général des finances, par M. Pierre Clément. *Paris*, *Guillaumin*, 1846, in-8, demi-rel. v. f.

1105. Mémoires touchant la vie et les écrits de Marie de Rabutin-Chantal, marquise de Sévigné, durant la Régence et la Fronde, par M. le baron Walckenaer. *Paris, F. Didot*, 1845-65, 6 vol. in-12, demi-rel. v. f.

1106. Histoire amoureuse des Gaules, par Bussy-Rabutin, revue et annotée par M. P. Boiteau, suivie des Romans historico-satiriques du XVIIe siècle recueillis et annotés par M. C.-L. Livet. *Paris*, *P. Jannet*, 1856-58, 3 vol. in-12, cart. n. rog.

1107. Les Galanteries de Monseigneur le Dauphin et de la comtesse du Roure. *Cologne*, 1696, in-12, demi-rel. bas. (*Figure.*)

1108. Tallemant des Réaux. Les Historiettes, publiées par M. Monmerqué. *Paris*, *Delloye*, 1840, 10 tom. en 3 vol. in-12, portraits, demi-rel. v. v.

1109. Les Historiettes de Tallemant des Réaux. Mémoires pour servir à l'histoire du XVIIe siècle, par M. Monmerqué. *Paris*, *Delloye*, 1840, 10 tom. en 5 vol. in-12, portraits, demi-rel. v. f.

1110. Les Souvenirs de madame de Caylus. *Amsterdam*, *Marc-Michel Rey*, 1770, pet. in-8, v. gr.

1111. Les Souvenirs de madame de Caylus. *Paris, Colnet,* 1804, in-8, cart. n. rog.

1112. Journal et extraits des mém. d'André Lefèvre d'Ormesson, publ. par Chéruel. *Paris*, *Impr. impériale*, 1861, 2 vol. in-4, cart. n. rog.

1113. Hénault (présid.). Mémoires écrits par lui-même, recueillis par son arrière-neveu, baron de Vigan. *Paris*, *Dentu*, 1855, in-8, br.

1114. Rou (Jean). Mémoires et opuscules inédits, publ. par Francis Waddington. *Paris*, 1857, 2 tom. en 1 vol. gr. in-8, demi-rel. v. à n. fil.

1115. Chronique de la Régence et du règne de Louis XV (1718-1763), ou Journal de Barbier. *Paris, Charpentier*, 1857, 8 vol. in-12, demi-rel. v. f.

1116. Touchard-Lafosse. Chronique de l'Œil-de-Bœuf, par la comtesse de B***. *Paris, Barba*, 1845, 4 vol. in-12, demi-rel. mar. vert, tr. dor.

1117. Mémoires, fragments historiques et correspondance de Mme la duchesse d'Orléans, princesse Palatine, précédés d'une notice par M. Ph. Busoni. *Paris*, *Paulin*, 1832, in-8, demi-rel. mar. r.

1118. Vie privée du cardinal Dubois (par M. Mongez). *Londres*, 1789, demi-rel. v. v.

1119. Les Enfants du marquis de Ganges, ou les Expiations, par Francis Wey. *Paris, Bourmancé*, 1838; in-8, demi-rel. mar. r.

1120. Mémoires historiques et anecdotiques du duc de Richelieu. *Paris*, *Mame et Delaunay-Vallée*, 1829, 6 tom. en 3 vol. in-8, demi-rel. mar. r.

1121. Recueil de pièces in-12, demi-rel. v. f.

Chorégraphus, ou la Réjouissance infernale, poëme. *Constantinople*, 1732 — Les deux Harangues des habitans de la paroisse de Sarcelles à Mgr l'archevêque de Paris. *Aix*, 1731. — Harangue des habitants de la paroisse de Sarcelles au roy. *Aix*, 1733. — Compliment inespéré des Sarcellois à M. de Vent***. — Le Portefeuille du diable, poëme. *Paris*, 1733, etc.

1122. Mémoires et correspondance de madame d'Épinay. *Paris*, *Brunet*, 1818, 3 vol. in-8, demi-rel. v. f.

1123. Mémoires et journal inédits du marquis d'Argenson, ministre des affaires étrangères sous Louis XV, publiés et annotés par M. le marquis d'Argenson. *Paris*, *P. Jannet*, 1857-58, 5 vol. in-12, cart. *non rog.*

1124. Mémoires et journal inédit du marquis d'Argenson, publiés et annotés par le marquis d'Argenson *Paris*, *P. Jannet*, 1857-58, 5 vol. in-12, demi-rel. dos et coins de mar. r. doré en tête, n. rog.

1125. Précis historique de la vie de madame la comtesse du Barry. *Paris*, 1774, in-8, portr. v. marbr.

1126. Mémoires de madame de la Guette, nouvelle édition, revue, annotée et précédée d'une notice par M. Moreau. *Paris*, *Jannet*, 1856, in-12, n. rog.

1127. Mémoires autographes de M. le prince de Montbarrey. *Paris*, *A. Eymery*, 1826, 3 vol. in-8, demi-rel. dos et coins de mar. bl. tr. dor.

1128. Mémoires et correspondance de la marquise de Courcelles, publ. par P. Pougin. *Paris*, *P. Jannet*, 1856, in-12, cart. (*non rogné*).

1129. Mémoires de M. le duc de Lauzun. *Paris*, *Barrois l'aîné*, 1822, in-8, v. f. fil. tr. dor. (*Simier*.)

1130. Essais de mémoires sur M. Suard. *Paris*, *impr. de P. Didot*, 1820, in-8, demi-rel. bas.

1131. Galerie historique et critique du dix-neuvième siècle, par Henry Lauzac. *Paris*, 1856-1857, 4 vol. in-8, demi-rel. v. r.

1132. Histoire de France, par M. de Montgaillard, 1787-1818. *Paris*, *Lebigre*, *s. d.*, in-8, demi-rel. mar. r.

1133. Créquy (Souvenirs de la marquise de). *Paris*, *Delloye*, 1840, 10 tomes en 3 vol. in-12, demi-rel. v. bl. (*Portraits.*)

1134. Journal du baron de Gauville, député de l'ordre de la noblesse aux États généraux, *Paris*, *Gay*, 1864, in-12, demi-rel. mar. r.

1135. Mémoires de la baronne d'Oberkirch, publiés par le comte de Montbrison, son petit-fils. *Paris*, *Charpentier*, 1853, 2 vol. in-12, demi-rel. veau vert.

Mémoires très-intéressants sur l'époque de Louis XVI et devenus rares.

1136. Marmontel. Mémoires d'un père pour servir à l'instruction de ses enfants. *Paris*, *Déterville*, 1804, 4 vol. in-8, bas. rac. fil. dent.

1137. Mémoires inédits du comte de Lamotte-Valois, sur sa vie et son époque (1754-1830), publ. par L. Lacour. *Paris*, *Poulet-Malassis*, 1858, in-12, demi-rel. mar. r. tr. marbré.

1138. Campardon (Ém.). Marie-Antoinette à la Conciergerie. *Paris*, *J. Gay*, 1863, in-12, demi-rel. v. bl. (*Portrait.*)

1139. La Vraie Marie-Antoinette, étude historique, politique et morale, par M. de Lescure. *Paris*, *Dupré de la Mahérie*, 1863, in-8, fig. demi-rel. mar. r.

1140. Précis historique de la Révolution française, par J.-P. Rabaud. *Paris*, *Onfroy*, 1792, in-18, fig. v. marbr.

1141. Histoire de la Révolution française depuis 1789 jusqu'en 1814, par F.-A. Mignet. *Paris*, *F. Didot*, 1827, in-8, demi-rel. v. bl.

1142. Histoire de la Révolution française depuis 1789 jusqu'en 1814, par F.-A. Mignet. *Paris, F. Didot*, 1836, 2 vol. in-8, v. f. fil.

1143. Atlas de l'Histoire de la Révolution française, par Thiers. *Paris, Furne*, in-4, obl. cart.

1144. Discours et opinions de Mirabeau, précédé d'une notice sur sa vie par M. Barthe. *Paris, Kleffer*, 1820, 3 vol. in-8, portr. demi-rel. v. rose.

1145. Barnave, par M. Jules Janin. *Paris, Michel Lévy*, 1860, gr. in-12, jol. demi-rel. mar. r. n. rog.

Exemplaire en papier de Hollande.

1146. Les Femmes célèbres de 1789 à 1795 et leur influence dans la Révolution, par E. Lairtullier. *Paris, France*, 1840, 2 vol. in-8. v. f. fil. tr. dor. (*Simier.*)

1147. Mémoires de Mme la marquise de la Rochejaquelin, précédés de son éloge funèbre. *Paris, Dentu*, 1860, 2 vol. in-12, jol. demi-rel. v. f. (*Vignettes, portr. et fac-sim.*)

1148. Mémoires de madame Roland, avec des notes par MM. Berville et Barrière. *Paris, Baudouin*, 1827, 2 vol. in-8, demi-rel. v. bl. n. rog.

1149. Mémoires de madame Roland, écrits durant sa captivité, édition de M. P. Faugère. *Paris, Hachette*, 1864, 2 vol. in-12, demi-rel. mar. r. tr. dor.

1150. Histoire du Tribunal révolutionnaire de Paris (10 mars 1793-31 mai 1795), d'après les documents originaux, par Em. Campardon. *Paris, Poulet-Malassis*, 1862, 2 vol. in-12, demi-rel. mar. vert myrte, tr. dor.

1151. Histoire de la Société française pendant la Révolution, par Ed. et J. de Goncourt. *Paris, E. Dentu*, 1854, in-8, demi-rel. mar. viol.

1152. Histoire populaire anecdotique et pittoresque de Napoléon et de la Grande-Armée, par Emile Marco de Saint-Hilaire, illustrée par Jules David. *Paris, G. Cugelmann*, 1843, gr. in-8, fig. demi-rel. v. bl.

1153. Histoire de Napoléon et de la Grande-Armée pendant l'année 1812, par le général comte de Ségur. *Paris, Baudouin*, 1826, 2 vol. in-8, portr. demi-rel. v. viol. — Napoléon et la grande armée en Russie, ou examen critique de l'ouvrage de M. le comte de Ségur, par le général Gourgaud. *Paris, Bossange*, 1826, in-8, demi-rel. v. viol.

1154. Mémoires du maréchal Suchet, sur ses campagnes (atlas). *Paris*, 1834, in-fol. cart.

1155. Mémoires du maréchal Marmont, duc de Raguse, de 1792 à 1841. *Paris*, *Perrotin*, 1857, 11 vol. in-8, portr. demi-rel. mar. v.

1156. Histoire de la campagne de 1815, par Edgar Quinet. *Paris, M. Lévy*, 1862, in-8, demi-rel. v. v.

1157. Le Mémorial de Sainte-Hélène, par M. le comte de Las Cases, suivi de Napoléon dans l'exil, par O'Méara. *Paris, Lequien fils*, 1835, 2 vol. gr. in-8, portr. fig. et cartes, demi-rel. v. ant.

1158. Plans et cartes pour l'Histoire du consulat et de l'Empire, par M. A. Thiers. *Paris, s. d.*, in-fol. en ff. dans un carton.

1159. Relation d'un voyage à Bruxelles et à Coblentz (1791) (par Louis XVIII). *Paris, Baudouin frères*, 1823, in-8, mar. bl. dent. tr. dor. (*Ducastin.*)

Avec notes manuscrites à la fin du volume.

1160. Une Ame de Bourbon (par de la Gervaisais). *Paris, J. Didot l'aîné*, 1837, in-12, demi-rel. v. f. (*Lettre autographe signée de l'auteur.*)

1161. Révolution française. Histoire de dix ans, 1830-1840, par M. Louis Blanc. *Paris, Pagnerre*, 1841-44, 5 tom. en 3 vol. in-8, demi-rel. mar. r.

1162. Revue rétrospective, ou Archives secrètes du dernier gouvernement (1830-1848) (J. Taschereau). *Paris, Paulin*, 1848, gr. in-8 (30 nos), br.

1163. Le Mois, rédigé par Alex. Dumas. — Histoire de Février. — Révolution de 1848. *Paris*, 1848, gr. in-8, demi-rel. v. f.

1164. La République dans les carrosses du roi. — Triomphe sans combat. — Curée de la liste civile et du domaine privé. — Scènes de la Révolution de 1848, par Louis Tirel. *Paris, Garnier*, 1850, in-8, demi-rel. mar. br.

1165. Recueil complet des actes du gouvernement provisoire (février, mars, avril, mai 1848, avec des notes explicatives), par Em. Carrey. *Paris, Durand*, 1848, 2 vol. in-12, demi-rel. mar. vert.

1166. Une Année de révolution, d'après un journal tenu à Paris en 1848, par le marquis de Normanby. *Paris, H. Plon*, 1858, 2 vol. in-8, demi-rel. v. f.

1167. Histoire complète et authentique de Louis-Napoléon Bonaparte, depuis sa naissance jusqu'à ce jour, par MM. Gallix et Guy. *Paris, H. Morel*, 1853, in-8, demi-rel. v. v.

1168. L'Expédition de Crimée jusqu'à la prise de Sébastopol. — Chroniques de la guerre d'Orient, par le baron de Bazancourt. *Paris, Amyot*, 1856, 2 vol. in-8, demi-rel. mar. r. n. rog.

1169. La Campagne d'Italie de 1859, chroniques de la guerre, par le baron de Bazancourt. *Paris, Amyot*, 1859, 2 vol. in-8, demi-rel. mar. r. n. rog.

1170. L'Avenir et les Bonaparte, par M. Charles Duveyrier. *Paris, M. Lévy*, 1864, in-8, demi-rel. mar. r. n. rog.

1171. Mémoires des Sanson, mis en ordre par H. Sanson. *Paris, Dupré de la Mahérie*, 1862, 6 vol. in-8, demi-rel. mar. r. tête dor. n. rog.

1172. La Deuxième Armée de la Loire, par le général Chanzy. *Paris*, 1871, in-8, br. et atlas in-fol.

1173. Annuaire de la Pairie et de la noblesse de France, et des maisons souveraines de l'Europe, publ. par M. Borel d'Hauterive. *Paris, s. d.*, 5 vol. in-12, demi-rel. mar. r.

Années 1843-44-45-46-47.

HISTOIRE DES PROVINCES DE FRANCE.

1174. Notice sur le plan de Paris, de J. Gomboust, publié pour la première fois en 1652, reproduit par la Société des bibliophiles français. *Paris*, 1858, in-12, demi-rel. mar. r. tr. marb.

1175. Dictonnaire historique de la ville de Paris et de ses environs, par MM. Hurtaut et Magny. *Paris, Moutard*, 1779, 4 vol. in-8, v. marbr.

1176. Histoire de Paris, depuis le temps des Gaulois jusqu'en 1850, par Théophile Lavallée, illustrée par Champin. *Paris, Blanchard*, 1852, gr. in-8, fig. demi-rel. mar. bl. tr. dor.

1177. Géraud (H.). Paris sous Philippe le Bel, d'après des documents originaux. *Paris, Crapelet*, 1837, in-4, v. rose à n. fil.

Rare et curieux.

1178. Fournier (Éd.). Histoire du Pont-Neuf. *Paris, Dentu*, 1862, gr. in-12, demi-rel. v. f.

Avec une photographie ajoutée représentant le Pont-Neuf en 1744.

1179. Histoire de l'abbaye royale de Saint-Germain-des-Prez, par dom Jacques Brouillart. *Paris, Grégoire Dupuis*, 1724, in-fol. fig. v. gr.

1180. Journal d'un voyage à Paris en 1657-1658, publié par A.-P. Faugère. *Paris, Benj. Duprat*, 1862, in-8, demi-rel. v. r.

Rare.

1181. Tableau de Paris (par Mercier). *Amsterdam*, 1783-88, 12 tomes rel. en 6 vol. in-12, demi-rel. mar. r.

1182. Almanach de Versailles, 1786, in-18, maroq. v. (*Rel. anc.*) Portrait de Marie-Antoinette.

Rare.

1183. Histoire de la maison royale de Saint-Cyr (1686-1793), par Théophile Lavallée. *Paris, Furne*, 1856, gr. in-8, fig. demi-rel. dos et coins de mar. r., tête dor. n. rog.

1184. Histoire de l'abbaye royale de Saint-Denis en France, par dom Michel Félibien. *Paris, Fr. Léonard*, 1706, in-fol. fig. v. marbr.

1185. Souvenirs historiques des résidences royales de France, par J. Vatout. Château d'Eu. *Paris, F. Didot*, 1839, in-8, demi-rel. mar. br.

1186. L'Église de Brou et ses tombeaux, par C.-J. Dufay. *Lyon, N. Scheuring*, 1867, in-12, br.

1187. Abbaye de Saint-Gildas et le Paraclet au temps d'Abélard et d'Héloïse, par Paul Tiby. *Paris, Techener*, 1851, in-12, demi-rel. ch. vert.

1188. Blason populaire de la Normandie, par A. Canel. *Rouen, A. Lebrument*, 1859, 2 tom. en 1 vol. in-8, demi-rel. mar. bleu.

1189. Histoire de la ville de Rouen, par M. F. Farin. *Rouen, Bonaventure Le Brun*, 1738, 2 vol. in-4, v. marbr.

1190. Auguste Le Prévost. Mémoires et notes pour servir à l'histoire du département de l'Eure, recueillis et publiés par L. Delisle et Louis Passy. *Evreux*, 1862-1869. (Tomes 1 à 3, pr. part.), 5 part. in-8, broch.

1191. Histoire de la ville et des environs d'Elbeuf, par A. Guilmeth. *Rouen*, 1842, in-8, fig. demi-rel. v. r.

1192. Histoire de la ville de Doullens et des localités voisines, par A.-J. Warmé. *Doullens*, 1863, in-8, br.

1193. Les Divers Caractères des ouvrages historiques avec le plan d'une nouvelle histoire de la ville de Lyon, par le P. Fr. Menestrier. *Lyon, Deville*, 1694, in-12, vél.

1194. Ainay, son autel, son amphithéâtre, ses martyrs, par Alphonse de Boissieu. *Lyon, N. Scheuring*, 1864, in-8, fig. cart. n. rog.

1195. Chillon. Étude historique par L. Vulliemin. *Paris et Lausanne*, *Bridel*, 1855, in-12, demi-rel. (*Gravure et plan.*)

1196. Les Ducs de Bourgogne, études sur les lettres, les arts et l'industrie pendant le xve siècle, par le comte de Laborde. Seconde partie. Preuves. *Paris*, *Plon*, 1849, 3 vol. in-8, broché.

Exemplaire en papier de Hollande.

HISTOIRE ÉTRANGÈRE.

1197. Voltaire. Essai sur les mœurs et l'esprit des nations depuis Charlemagne jusqu'à Louis XIII, avec des notes par Beuchot, *Paris*, *Werdet*, 1829, 4 vol. in-8, demi-rel. v. fil.

1198. Histoire de la conquête de l'Angleterre par les Normands, par A. Thierry. *Paris*, *A. Sautelet*, 1826, 4 vol. in-8, demi-rel. v. r.

1199. Thierry (Augustin). Histoire de la conquête de l'Angleterre par les Normands, 4e édition. *Paris*, *J. Tessier*, 1836, 4 vol. in-8, br.

1200. Histoire pittoresque de l'Angleterre et de ses possessions dans les Indes, par M. le baron de Roujoux. *Paris*, 1834, 3 vol. gr. in-8, fig. demi-rel. v. bl.

1201. Guizot. Histoire de la révolution d'Angleterre depuis l'avénement de Charles Ier jusqu'à sa mort. *Paris*, *Masson*, 1850. — Histoire du Protectorat de Cromwell et du rétablissement des Stuarts. *Paris*, *Didier*, 1854, 2 vol. Ens. 4 vol. in-8, br.

1202. Histoire de la révolution de 1688 en Angleterre, par F.-A.-J. Mazure. *Paris*, *Ch. Gosselin*, 1825, 3 vol. in-8, demi-rel. v. ant.

1203. Histoire de Charles-Édouard, dernier prince de la maison des Stuarts, par Amédée Pichot. *Paris*, *Ladvocat*, 1830, 2 vol. in-8, demi-rel. v. ant.

1204. Lord Macaulay: Ses Essais, ses Discours et son Histoire d'Angleterre, par M. X. Lançon. *Lyon*, *N. Scheuring*, 1861, in-8, portr. demi-rel. dos et coins de mar. v. tête dor. n. rog.

1205. Histoire de la conqueste d'Espagne par les Mores, composée en arabe par Abulcacim Tariff Abentariq, traduite en espagnol par Michel de Luna. *Paris*, *Cl. Barbin*, 1680, 2 part. en 1 vol. in-12, v. r.

1206. Antonio Perez et Philippe II, par M. Mignet. *Paris, Impr. royale*, 1845, in-8, demi-rel. mar. r.

1207. Histoire d'Italie pendant le moyen âge, par le docteur Henri Léo, traduit de l'allemand par M. Dochez. *Paris, Parent-Desbarres*, 1837-39, 3 vol. gr. in-8, demi-rel. dos et coins de mar. bl.

1208. Machiavel. Son Génie et ses Erreurs, par A.-F. Artaud. *Paris, Firmin Didot*, 1833, 2 vol. in-8, portr. demi-rel. v. f.

1209. Chroniques siennoises, traduites de l'italien, précédées d'une introduction et accompagnées de notes par le duc de Dino. *Paris, L. Curmer*, 1846, gr. in-8, portr. demi-rel. mar. bl. n. rog.

1210. Cas merveilleux à ouÿr, et espouventable à réciter, de certains fleuves de feu et fumée découlant du Montgibello, près la cité de Raudouza, advenu au mois de novembre mil cinq cens soixante six, joinct un advertissement du desseing de la guerre que prent le Turcq contre l'empereur. *Lyon*, *Benoist Rigaud*, 1566, petit in-8 de 4 ff. n. rog.

1211. Histoire de donna Olympia Maldachini, traduite de l'italien, de l'abbé Gualdi. *A Leyde, chez Jean Duval* (*à la Sphère*), 1666, pet. in-16, mar. noir, jans. (*Aux armes de Curmer-Neilson.*)

1212. Saint-Réal. Conjuration des Espagnols contre Venise. *Paris, P. Didot, an XI*, pap. vélin, in-18, v. r. fil. dent. tr. dor.

1213. La Ville et la République de Venise, par M. le chevalier de Saint-Didier. *La Haye, Adrian Moetjens*, 1685, pet. in-12, v. f. fil. (*A. Closs.*)

1214. L'Italie des Italiens, Rome, par Mme L. Colet. *Paris, Dentu*, 1864, grand in-12, jolie demi-rel. maroq. rouge, non rog.

Envoi autographe de l'auteur à M. Curmer.

1215. La Question romaine, par Ed. About. *Bruxelles, Méline*, 1859, in-8, demi-rel. v. f.

1216. Copie de diverses lettres touchant le roy catholique, et la guerre entre l'empereur et le Grand Turc. *Lyon*, 1567, pet. in-8 de 8 ff. n. rel. — Copie de la lettre envoyée par Selim, empereur des Turqz, au seigneur domp Jouan d'Austrie, capitaine-général de la ligue saincte. *Paris*, 1572, pet. in-8 de 8 ff. n. rel. — Discours de l'armée des Vénitiens et du Turc et des rencontres d'icelles. *Lyon*, 1572, pet. in-8 de 6 ff. n. rel. — Mémoires dignes d'estre entendues, venues de Messine, avec un récit du nombre des gens de guerre, galères, etc., tirans en levant contre le Grand Turc, avec le seigneur don Juan d'Autriche. *Lyon*, 1572, pet. in-8 de 8 ff. n. rel. — Copie d'une lettre venue de la saincte ligue, laquelle raconte comme le Grand Turc est departi de Constantinople, etc. *Lyon*, 1572, pet. in-8 de 8 ff. non rel. — Cronique des plus notables guerres advenues entre les Turcs et princes chrestiens jusques à présent. *Paris*, 1573, pet. in-8 de 14 pages n. rel.

1217. Annales du règne de Marie-Thérèse, impératrice douairière, par M. Fromageot. *Paris, impr. de Prault*, 1775, in-8 tiré in-4, portrait et fig. de Moreau, veau marbr. fil.

1218. Memorabilis et perinde stupenda de crudeli Moscovitarum expeditione narratio e germanico in latinum conversa. *Duaci*, 1563, pet. in-8 de 3 ff. demi-rel. dos et coins de mar. v.

Réimpression fac-simile.

1219. Histoire de Suède, par Erik-Gustave Geyer, traduit par J.-F. de Lundblad. *Paris, Parent-Desbarres*, 1839, gr. in-8, cart. demi-rel. dos et coins de mar. bl.

1220. Histoire de la guerre de Trente ans, par Schiller. *Paris, Charpentier*, 1858. — Paris en Amérique, par le doct. R. Lefébure. *Paris*, 1864. — Histoire de Florence, par N. Machiavel. *Paris, Charpentier*, 1842. — Les Autrichiens et l'Italie, par M. Ch. de la Varenne. *Paris, Dentu*, 1859, 4 vol. in-12, demi-rel. mar.

1221. La Guerre de 1866 en Allemagne et en Italie. Description historique et militaire, par W. Rustow. *Genève, J. Cherbuliez*, 1866, 4 part. in-8, cartes et plans, br.

1222. De la Démocratie en Amérique, par Alex. de Tocqueville. *Paris, Pagnerre*, 1850, 2 vol in-12, demi-rel. v. f. (*Plan color. ajouté.*)

1223. L'Histoire notable de la Floride située aux Indes occidentales, contenant les trois voyages faits en icelle par certains capitaines et pilotes français, descrite par le capitaine Landonnière. *Paris, P. Jannet*, 1853, in-12, demi-rel. veau f.

1224. Vues des Cordillères et Monuments dès peuples indigènes de l'Amérique, par Al. de Humboldt. *Paris*, 1816, 2 vol. in-8, fig. demi-rel. bas.

1225. Le comte Gaston de Raousset-Boulbon, sa vie et ses aventures (d'après ses papiers et sa correspondance), par

Henry de la Madeleine. *Alençon*, *Poulet-Malassis*, 1856, in-12, demi-rel. mar. viol.

NOBLESSE. — ANTIQUITÉS. — HISTOIRE LITTÉRAIRE. BIOGRAPHIE. — BIBLIOGRAPHIE. — JOURNAUX.

1226. Abrégé nouveau et méthodique du blason (par L. Planeili de la Valette). *Lyon*, *Th. Amaulry*, 1705, pet. in-12, fig. v. gr.

1227. Jeu d'armoiries des souverains de l'Europe, par de Brianville. *Lyon*, 1665, in-18, demi-reliure, figures de blason.

1228. Tables généalogiques des maisons souveraines de l'Europe (par M. Kock). *Strasbourg*, 1782, in-4, demi-rel. v. marbr.

1229. Dictionnaire héraldique, contenant tout ce qui a rapport à la science du blason, par G. D. L. T. (Gastelier de la Tour). *Paris*, *Lacombe*, 1774, in-8, blason, veau marbr.

1230. Dictionnaire de titres originaux. *Paris*, 1764, 4 t. en 2 vol. in-12, cart. n. rog.

1231. La Noblesse considérée sous ses divers rapports dans les assemblées générales et particulières de la nation, par M. Chérin. *Paris*, *Royez*, 1788, in-8, demi-rel. bas.

1232. Armoiries de la salle des croisades à Versailles. *Paris*, *Ch. Gavard*, *s. d.*, in-4, blas. color. br.

1233. Armoiries de la maison de Bastard, originaire du comté Nantais. *Paris*, *impr. Schneider*, gr. in-8, blasons, cart. n. rog.

1234. Nobiliaire de la Bourgogne, tom. Ier. *Paris*, 1817, in-4, cart.

Manuscrit.

1235. Lettres patentes de très-haut et très-puissant Emanuel Philibert, duc de Savoye, par lesquelles il a institué un ordre des chevaliers de la militie de Sainct-Lazare et Saint-Maurice, en l'honneur de Dieu et de la glorieuse Vierge Marie, etc. *Lyon*, *Benoist Rigaud*, 1573, pet. in-8 de 8 ff. n. rel.

1236. Smith (W.). A smaller Dictionary of greek and roman antiquities abridged. *London*, 1853, in-8, percal. gaufr. fig. dans le texte.

1237. Dictionnaire des antiquités romaines et grecques, accompagné de 2,000 gravures d'après l'antique, par Anthony Rich, trad. de l'anglais sous la direction de M. Chéruel. *Paris, F. Didot,* 1859, in-8, fig. demi-rel. v. f.

1238. Antiquités grecques, ou Tableau des mœurs, usages et institutions des Grecs, traduit de l'anglais de Robinson. *Paris, Verdière,* 1822, 2 vol. in-8, v. rac. dent.

1239. De quelques Antiquités rapportées de Grèce par M. Fr. Lenormant, par J. de Wite. *Paris,* 1866, gr. in-8, fig. br.

Extrait de la *Gazette des beaux-arts.*

1240. Antiquités romaines, ou Tableau des mœurs, usages et institutions des Romains, par Alex. Adam. *Paris, Verdière,* 1818, 2 vol. in-8, v. v. dent.

1241. Recherches sur la monnaie romaine depuis son origine, par le baron d'Ailly. *Lyon, Scheuring,* 1864, in-4, cart., t. 1er.

1242. Collection de plombs historiés trouvés dans la Seine et recueillis par Arthur Forgeais, 1re série. Morceaux des corporations de métiers. *Paris, Aubry,* 1862, in-8, fig. demi-rel. v. f.

1243. Résumé d'archéologie spécialement appliquée aux monuments religieux, par J. Fériel. *Langres, Laurent,* 1846, in-8, cart. n. rog.

1244. La Harpe. Cours de littérature ancienne et moderne. *Paris, F. Didot,* 1840, 3 vol. gr. in-8, demi-rel. dos et coins de mar. v.

1245. Cours familier de littérature, par M. de Lamartine. *Paris,* 1856-63. liv. 1 à 97, in-8.

Manque livr. 34.

1246. Histoire de la littérature grecque et romaine. *Paris. L. Hachette.* 1857, 2 vol. in-12, demi-rel. v. f.

1247. Ampère (J.-J.). Histoire littéraire de la France avant le XIIe siècle. *Paris,* 1839, 3 vol. in-8, br.

1248. Histoire de la littérature française depuis ses origines jusqu'à nos jours, par J. Demogeot. *Paris, L. Hachette,* 1862, in-12, demi-rel. v. f.

1249. Histoire de la littérature française, par D. Nisard. *Paris, F. Didot,* 1863, 4 vol. in-12, demi-rel. v. f.

1250. Histoire littéraire des femmes françoises, ou Lettres historiques et critiques (par de la Porte). *Paris*, *Lacombe*, 1769, 5 vol. in-8, v. marbr.

1251. Précieux et Précieuses, caractères et mœurs littéraires du XVIIe siècle, par Ch.-L. Livet. *Paris*, *Didier*, 1859, in-8, demi-rel. mar. r. tête dor. n. rog.

1252. Fénelon. Histoire littéraire de Fénelon. Revue analytique de ses œuvres, par M..., directeur au séminaire de Saint-Sulpice. *Lyon*, 1843, gr. in-8 à 2 col., demi-rel. v. Beau portr. de Fénelon.

1253. Un Tournoi au XIXe siècle, par Ernest Legouvé. *Paris, A. Lemerre*, 1872, in-8, br.

1254. Mesnard (P.). Histoire de l'Académie française depuis sa fondation jusqu'en 1830. *Paris*, *Charpentier*, 1857, in-12, broché.

1255. Mémoires de l'Académie des sciences, arts et belles-lettres de Caen. *Caen*, *A. Hardel*, 1860-68, 7 vol. in-8, broché.

Aneées 1860, 1861, 1863, 1865 à 1868.

1256. Catalogue général des cartulaires des archives départementales. *Paris*, *Impr. roy.*, 1847, in-4, br.

1257. Biographical and critical History of the British literature by Allan Cunningham. *Paris*, *Baudry*, 1834, in-12, demi-rel. v. br.

1258. Biographie portative universelle, par Lud. Lalanne, L. Renier, etc. *Paris*, *Durochet*, 1844, gr. in-12 à 2 col. demi-rel. mar. la Vall.

1259. Dictionnaire critique de biographie et d'histoire, par A. Jal. *Paris*, *H. Plon*, 1867, gr. in-8, demi-rel. dos et coins de mar. br.

1260. Les Dames galantes, par le seigneur de Brantome, nouvelle édition, avec une préface de M. Ph. Chasles. *Paris*, *A. Ledoux*, 1834, 2 tomes en 1 vol. in-8, demi-rel. mar. r.

1261. Mémoires biographiques et littéraires, par Guilbert. *Rouen*, *F. Mari*, 1812, 2 vol. in-8, portr. demi-rel. maroq. rouge.

1262. Dictionnaire universel des contemporains. *Paris*, *L. Hachette*, 1858, 4 vol. in-8, demi-rel. mar. v.

Exemplaire interf. de papier blanc.

1263. Galerie des contemporains illustres (par de Loménie). *Paris, A. René*, 1844, tom. 2 et 4, et 18 livr. in-18, br.

1264. Goncourt (Ed. et J. de). Les Hommes de lettres. *Paris, Dentu*, 1860, in-12, demi-rel. mar. r. dos orné. (*Non rog.*)

Un des six exemplaires tirés sur papier de Hollande. Note signée par J. de Goncourt.

1265. Abélard, par Charles de Rémusat. *Paris, Ladrange*, 1845, 2 vol. in-8, demi-rel. v. f.

1266. Histoire de la vie et des ouvrages de Voltaire, par L. Paillet de Warcy. *Paris, Ponthieu et Delaunay*, 1824, 2 vol. in-8, portr. demi-rel. mar. viol.

1267. Mémoires sur Béranger, par Savinien Lapointe. *Paris, G. Havard*, 1857. — Mémoires de Th. Agrippa d'Aubigné, publiés par M. L. Lalanne. *Paris, Charpentier*, 1854. — Eugénie de Guérin, journal et lettres, par G.-S. Trébutien. *Paris, Didier*, 1863, 3 vol. in-12, demi-rel. mar. et v.

1268. Lui et Elle, par Paul de Musset. *Paris, Charpentier*, 1862. — Eux et Elle, histoire d'un scandale, par M. de Lescure. *Paris, Poulet-Malassis*, 1860. — Elle et Lui, par George Sand. *Paris, M. Lévy*, 1864. — Le Marquis de Villemer, par G. Sand. *Paris, M. Lévy*, 1862, 4 vol in-12, demi-rel. mar.

1269. Notice sur Charles Furne, par M. Rosseuw Saint-Hilaire. *Paris, impr. de J. Claye*, 1860, in-8, portr. photogr. demi-rel. mar. br. n. rog.

1270. M. Gabriel Delessert, par J. Tripier Le Franc. *Paris, E. Dentu*, 1859, gr. in-8, portr. demi-rel. dos et coins de mar. r. n. rog.

1271. Étude sur la vie et sur les œuvres de Lope de Vega, par Ernest Lafond. *Paris, Librairie nouvelle*, 1857, in-8, portr. br.

1272. Dupont (Paul). Histoire de l'imprimerie. *Paris*, 1854, 2 vol. in-12, demi-rel. mar. bl.

1273. Jean Gutenberg, premier maître imprimeur, ses faits et discours les plus dignes d'admiration, et sa mort. Ce récit fidèle, écrit par Fr. Dingelstedt, est ici traduit de l'allemand en françois par G. Revilliod. *Genève, J.-G. Fick*, 1858, gr. in-8, eaux-fortes, cart. n. rog.

1274. Débuts de l'imprimerie à Strasbourg, ou recherches sur les travaux mystérieux de Gutenberg dans cette ville, par Léon de Laborde. *Paris, Strasbourg*, 1840, gr. in-8, br. fig.

Rare.

1275. Nouvelles Recherches sur l'origine de l'imprimerie, par Léon de Laborde. *Paris*, *Techener*, 1840, in-4 br. *fac-simile.*

Rare. Tiré à petit nombre et les planches effacées.

1276. SILVESTRE. Marques typographiques des imprimeurs français de 1470 à 1500. *Paris*, 1868, 2 vol. in-8, br.

Ouvrage important sur les origines de l'imprimerie en France. Il contient 1310 marques différentes. Publié à 64 francs.

1277. Fournier (H.). Traité de la typographie, 2e édition. *Tours*, *Mame*, 1854, in-12, demi-rel. v. f. fil.

1278. Album typographique, publié à l'occasion de la quatrième fête séculaire de l'invention de l'imprimerie, par G. Silbermann. *Strasbourg*, 1840, in-4, fig. br.

1279. Variétés bibliographiques, par Ed. Tricotel. *Paris, Gay,* 1863, in-12, demi-rel. mar. vert.

1280. Code de la librairie et imprimerie de Paris, par Saugrain. *Paris*, 1744, in-12, v. marbr.

1281. Nouvelle Bibliothèque de Société (rédigée par Sautreau de Marsy). *Paris, Delalain*, 1782, 4 vol. pet. in-12, v. marbr.

1282. BRUNET. Manuel du libraire et de l'amateur de livres. *Paris, Firmin Didot*, 1860, 6 vol. gr. in-8, demi-rel. mar.

Entièrement épuisé.

1283. Notice sur les heures gothiques, imprimées à Paris à la fin du XVe siècle et dans une partie du XVIe, par J.-C. Brunet. *Paris, F. Didot*, 1864, in-8, pap. de Holl. br.

Tirage à part à dix exemplaires.

1284. Plan d'une bibliothèque universelle, études des livres qui peuvent servir à l'histoire littéraire et philosophique du genre humain, par L.-Aimé Martin. *Paris*, *A. Desrez*, 1837, in-8, demi-rel. mar. v.

1285. Analectabiblion, ou extraits critiques de divers livres rares, oubliés ou peu connus, tirés du cabinet du marquis D. R. (Du Roure). *Paris*, *Techener*, 1836, 2 vol, in-8, demi-rel. (*Rare.*)

1286. CATALOGUE général de la librairie française pendant 25 ans (1840-1865), rédigé par Otto Lorenz. *Paris*, *O. Lorenz*, 1866-1871, 16 livr. in-8, br.

Complet.

1287. Archives du bibliophile, ou Bulletin de l'amateur de livres et du libraire. *Paris*, *A. Claudin*, 2 vol. in-8, demi-rel. mar. br.

1288. Le Bibliophile français. Gazette illustrée des amateurs de livres, d'estampes et de haute curiosité. *Paris, Bachelin-Deflorenne*, 1868-1870, 5 vol. gr. in-8, en livr.

1289. Catalogue descriptif des manuscrits de la bibliothèque de Lille, par M. Le Glay. *Lille, Vanackere*, 1848, in-8, demi-rel. v. f.

1290. Essai historique sur la Bibliothèque du Roi (par Le Prince l'aîné). *Paris, Belin*, 1782, pet. in-12, v. f. fil. tr. dorée.

1291. De l'Organisation des bibliothèques dans Paris, par le comte de Laborde. *Paris, Franck*, 1845, 4 part. in-8, br. Figures dans le texte.

1re, 2e, 4e et 8e lettres. Les seules parues.

1292. Recherches sur la bibliothèque publique de l'église Notre-Dame de Paris au XIIIe siècle, par Alfr. Franklin. *Paris, Aubry*, 1863, in-12, demi-rel. mar. vert.

1293. De la Librairie française, par Ed. Werdet. *Paris, Dentu*, 1860. — Catalogue des livres rares de M. Ach. Genty. *Paris, J. Techener*, 1862. — Bibliothèque facétieuse, historique et singulière. *Paris, Claudin*, 1858. — Catalogue des publications de J. Gay et fils. *A Genève*, 1867. — Catalogue descriptif et raisonné de l'imprimerie de Jouaust. *Paris*, 1867, 5 vol. in-12 et in-18, demi-rel. et cart.

1294. Bibliothèque de Mme la Dauphine. No 1. Histoire. *Paris, Saillant et Nyon*, 1770, in-8, fig. demi-rel. mar. r.

1295. Mélanges tirés d'une petite bibliothèque, ou Variétés littéraires et philosophiques, par Ch. Nodier. *Paris, Crapelet*, 1829, in-8, demi-rel. v. ant.

Très-rare.

1296. Description raisonnée d'une jolie collection de livres, par Charles Nodier. *Paris, J. Techener*, 1844, in-8, demi-rel. dos et coins de mar. v.

1297. Cabinet d'un bibliophile rémois. *Reims*, 1862, in-12, demi-rel. v. f. tête dor.

Exemplaire en grand papier, envoi signé de l'auteur.

1298. Catalogue des livres rares et précieux de la bibliothèque de M. J. P. (Pichon). *Paris, L. Potier*, 1869, in-8, demi-rel. mar. r. — Catalogue de la bibliothèque poétique d'un amateur. *Paris, A. Aubry*, 1869, in-8, demi-rel. mar. r.

1299. Un Million de faits, aide-mémoire universel des sciences, des arts et des lettres. *Paris, Dubochet*, 1842, gr. in-12 à 2 col., fig. dans le texte, demi-rel. mar. gren.

1300. Revue du XIXe siècle, les lettres, les arts, la philosophie, romans et voyages. *Paris*, 1867, tom. 4, gr. in-8, portr. cart. n. rog.

1301. Revue des Deux-Mondes, 1841 (du 1er oct. au 15 déc.), 1848 (du 1er janv. au 15 sept.), 23 nos.

SUPPLÉMENT.

1302. Œuvres complètes de Buffon et de Lacépède. *Paris*, *Furne*, 1839, 9 vol. gr. in-8, demi-rel. (*Fig. color.*)

1303. Études sur les vignobles de France, par le Dr Guyot. *Paris*, *Masson*, 1868, 3 vol. gr. in-8, br.

1304. Œuvres de Walter-Scott, traduites par Defauconpret. *Paris*, *Furne*, 1835, 30 vol. in-8, demi-rel. figures sur acier.

1305. Les Mille et une Nuits, contes arabes, trad. par Galland; édition illustrée, avec dissertation, par Silvestre de Sacy. *Paris*, *Bourdin*, *s. d.*, 3 vol. gr. 8, demi-rel. figures.

1306. Gaudeau. Histoire de tous les peuples. *Paris*, 1839, 3 vol. in-8, demi-rel. *Figures*.

1307. Thiers. Histoire de la Révolution française. *Paris*, *Furne*, 1836, 10 vol. in-8, demi-rel. Fig. sur acier.

1308. Norvins. Histoire de Napoléon. *Paris*, 1839, 2 vol. gr. in-8, demi-rel. fig. sur acier et cartes.

1309. Mémorial de Sainte-Hélène, par le comte de Las Cases. *Paris*, *Ern. Bourdin*, 1842, 2 vol. gr. in-8, demi-rel. mar. fig. sur acier.

ORDRE DES VACATIONS.

Première vacation. — *Lundi 23 novembre 1874.*

Nos 1 à 217

Deuxième vacation. — *Mardi 24 novembre.*

Nos 218 à 433

Troisième vacation. — *Mercredi 25 novembre.*

Nos 434 à 653

Quatrième vacation. — *Jeudi 26 novembre.*

Nos 654 à 867

Cinquième vacation. — *Vendredi 27 novembre.*

Nos 868 à 1073

Sixième vacation. — *Samedi 28 novembre.*

Nos 1074 à 1309

Il y aura exposition de deux à quatre heures.

CONDITIONS DE LA VENTE.

La vente se fait au comptant.

Les livres vendus devront être collationnés sur place dans les vingt-quatre heures de l'adjudication. Passé ce délai, ou une fois sortis de la salle de vente, ils ne seront repris pour aucune cause.

Les acquéreurs payeront 5 centimes par franc en sus des enchères applicables aux frais.

Le libraire, chargé de la vente, remplira les commissions des personnes qui ne pourraient y assister, aux conditions d'usage.

Paris. — Typographie Georges Chamerot, rue des Saints-Pères, 19.

www.ingramcontent.com/pod-product-compliance
Ingram Content Group UK Ltd.
Pitfield, Milton Keynes, MK11 3LW, UK
UKHW021103260726
13994UKWH00002B/679

9 782329 365831